SALINA

ISBN 978-2-330-14100-4

LAURENT GAUDÉ

SALINA

LES TROIS EXILS

roman

BABEL

Pour ma mère,
Pour ma fille,
De l'une à l'autre,
Ce qui passe, vit et se transmet.

LE JOUR DES ORIGINES

Au tout début de sa vie, dans ces jours d'origine où la matière est encore indistincte, où tout n'est que chair, bruits sourds, pulsations, veines qui battent et souffle qui cherche son chemin, dans ces heures où la vie n'est pas encore sûre, où tout peut renoncer et s'éteindre, il y a ce cri, si lointain, si étrange que l'on pourrait croire que la montagne gémit, lassée de sa propre immobilité. Les femmes lèvent la tête et se figent, inquiètes. Elles hésitent, ne sont pas certaines d'avoir bien entendu, et pourtant cela recommence : au loin, vers la montagne Tadma que l'on ne franchit pas, un bébé pleure. Est-ce qu'elles sentent, les femmes du clan Djimba, à cet instant, tout ce que contient ce cri ? Le sang qu'il porte en lui ? Les convulsions, les corps meurtris, les bannissements et la rage ? Est-ce qu'elles sentent que quelque chose commence avec ce tout petit cri à peine identifiable, quelque chose qui ne va pas cesser de grandir jusqu'à tout renverser ?

Petit à petit, les pleurs deviennent plus nets. Cela ne fait plus de doute : le nourrisson se rapproche. Hommes et femmes convergent vers l'entrée du village pour attendre ce qui vient. Il faut encore de longues minutes pour qu'un cavalier apparaisse. Il avance lentement, disparaît parfois au gré des nœuds du sentier. Il avance et c'est bien de lui que proviennent les pleurs d'enfant.

Sissoko Djimba, le chef du village, appelle ses guerriers. Ils se regroupent, les muscles bandés, le regard sûr. Il n'y a pas de peur en eux. Ils constatent juste que les dieux leur envoient quelqu'un et qu'il faut faire face à cet événement. Chacun a mis ses habits d'apparat : de longues tuniques aux couleurs vives, et à la ceinture, l'épée Takouba – fer sacré des ancêtres. Le vent chaud du désert se lève et fait claquer les étendards du village. Les hommes sont parfaitement immobiles. Ils savent le temps qu'il faut pour que le cavalier arrive jusqu'à eux et ils attendent.

D'abord, il y a ce jour des origines, lointain, où dans la chaleur du désert, après une longue attente, le cavalier arrive enfin. Il ne change pas son allure, n'hésite pas ni ne se presse. Il est maintenant à une centaine de mètres du groupe. Chacun cherche à l'identifier mais personne ne connaît les insignes qu'il porte. Son cheval est pourvu de sacoches de cuir qu'aucun membre du clan Djimba n'a jamais vues. Même sur le grand marché de la lointaine Kamangassa, il n'y a pas de telle maroquinerie. Il doit venir de plus loin que les terres connues. Il est couvert de poussière. Son corps fait si peu de mouvements qu'on pourrait le croire scellé à son cheval, condamné peut-être depuis des mois à errer ainsi, allant où sa monture décide de le mener. Quel âge a-t-il ? Nul ne peut le dire. L'homme avance. Les Djimba pensent un temps qu'il va traverser leur groupe sans rien dire, sans rien faire, comme si leur présence n'avait aucune importance, mais ce n'est pas ce qu'il fait. À dix pas de Sissoko Djimba, il s'arrête. Dans le creux de son bras gauche, tout le monde peut maintenant voir distinctement qu'il porte un nourrisson dans ses langes. Et les cris de l'enfant résonnent. Il n'a pas cessé de crier. Un petit être de chair est là, depuis des jours, des semaines, d'aussi loin qu'est parti cet homme étrange, et il pleure, avec force, sans se lasser. C'est miracle, même, qu'il n'ait pas fini par sombrer dans un épuisement du corps. Le silence dure. Puis, lentement, le cavalier passe une jambe au-dessus de la croupe de son cheval et pose pied à terre. Il porte toujours l'enfant. Il fait quelques pas jusqu'à être à mi-chemin entre Sissoko et sa monture et dépose au sol le paquet de linge qui pleure encore, puis il remonte sur son cheval et sans attendre de voir ce qu'il se passe, sans dire un mot – qu'il aurait de toute façon prononcé dans une langue inconnue à laquelle personne n'aurait pu répondre – à moins que dans les terres d'où il vient, il n'y ait tout simplement aucune langue –, lentement, il repart, rebroussant chemin, laissant derrière lui pour la première fois depuis des jours, des semaines peut-être, les cris de l'enfant qu'il vient d'abandonner.

Chez les Djimba, personne ne bouge. L'enfant est posé sur le sol, sous le soleil, et pleure. Il faut attendre que Sissoko prenne une décision. L'enfant crie encore, emplit tout de sa présence de petit bout de vie. Les hommes restent assis. Le temps passe et Sissoko ne prononce pas un mot. Tous comprennent qu'il a fait le choix de ne pas recevoir l'enfant. Il ne faut pas prendre le risque d'accepter un enfant dont on ne sait s'il n'apportera pas quelque malédiction. Ne pas agir. Ne rien faire. Rester là jusqu'à ce que l'enfant s'épuise, sombre dans le sommeil, s'affaiblisse et meure. Le soleil tape fort : cela ne tardera pas. Ce ne sont pas eux qui le tuent, c'est le vent, le soleil, la poussière. Ce sont ceux qui l'ont mis au monde et ne sont plus là pour veiller sur lui. C'est le cavalier qui l'a déposé à leurs pieds. Ce ne sont pas eux. Eux ne font qu'attendre. Ils l'enterreront avec respect lorsqu'il sera mort, avec précaution même, comme on manipule la statue d'une divinité que l'on ne connaît pas et que l'on craint. Les heures passent. La sueur coule sur les fronts et les corps sanglés des guerriers. Les enfants, assis près de leur mère, somnolent et doivent lutter pour rester droit. Seuls les cris du nourrisson ne faiblissent pas. Ils rentrent dans toutes les têtes, vrillent les crânes. Il crie de vivre, d'envie de tétées, de satisfaire les torsions d'un ventre vide, il crie de cet air chaud qui lui déchire les poumons, de cette poussière qu'il a dans les yeux. Les hommes attendent encore. Le soleil est au zénith, frappe les pierres avec brutalité, les rend intouchables comme des galets de feu. Ils pensent que tout va bientôt finir mais le nouveau-né tient et, finalement, c'est le soleil qui cède le premier. Il commence à décliner et c'est comme si le nourrisson l'avait fait plier. Sissoko Djimba est surpris mais reste droit. Si le soleil n'est pas venu à bout de cette vie étrange, posée devant eux, menaçante de périls possibles, les hyènes le feront. Elles ne vont pas tarder à venir et ils ne bougeront pas face à leur appétit, les laissant tirer à elles le paquet, puis le disloquer, le démembrer et l'engloutir. Il n'y aura finalement peut-être pas de tombeau à creuser, juste des morceaux de chair répandus dans un festin de mâchoires. Que veulent les dieux qui les forcent à assister à pareil carnage ?

Les hyènes viennent effectivement avec les premières lueurs du crépuscule. Elles annoncent leur présence par leurs cris, longs, stridents, comme des grincements de dents. Ces cris de bêtes gourmandes font cesser, un temps, les pleurs du nourrisson. A-t-il peur ? Sent-il, du fond de sa petitesse, que ces bêtes vont planter leurs crocs dans sa chair, la fourrager, l'ouvrir avec appétit ? Son silence ne dure pas. Il se remet à pleurer et ses pleurs guident les hyènes, qui s'approchent avec méfiance, découvrant que devant ce petit bout de chair qui les attire par sa faiblesse et sa vulnérabilité, il y a des hommes, une masse épaisse d'hommes, tout un village assis. Craignant de tomber dans un piège mais attirées de façon irrépressible par cette chair qui leur est tendue, elles avancent en pliant l'échine, comme des chiens hésitants, redoutant le coup qu'on va leur porter. Elles couinent d'impatience. Puis enfin, lorsqu'elles sont à deux mètres du paquet de linge, lorsqu'il ne reste plus qu'à étirer le cou et saisir par les crocs ces petits cris que rien ne fatigue, elles s'immobilisent à leur tour. Hommes et bêtes restent face à face. L'enfant pleure toujours. C'est alors que Mamambala, n'y tenant plus, se lève. Elle ne demande rien à Sissoko Djimba, traverse la foule, puis, sans craindre les bêtes qui se sont levées à son approche, elle saisit le paquet et le love au creux de son bras. Immédiatement, les cris cessent. Mamambala dégrafe sa tunique, présente son sein gonflé au nourrisson, qui la tète avec une faim de montagne. Elle voit que le petit corps affamé est celui d'une fille, cela la fait sourire et elle prononce alors ces mots que tous entendent : "Par le sel de ces larmes dont tu as couvert la terre, je t'appelle Salina." Et seulement alors, comme si elles avaient attendu de connaître son nom, les hyènes repartent, laissant ce petit bout de chair aux hommes et retournant dans leur monde de pierres sèches et de nuits inquiètes où les charognes sont des trésors et les rires, des hurlements.

I

LA CARAVANE

À l'autre bout de sa vie, il y a ce matin, presque semblable, où elle se dresse soudainement sur la couverture qui lui sert de couche. Salina, vieillie par une vie entière de poussière, de combats, d'errances et de rage. Salina, au corps sec et flétri, qui tend l'oreille dans des paysages immenses. Tout, autour d'elle, est encore baigné d'une lumière d'aube, hésitante, qui n'ose pas chasser la nuit. Elle se concentre. Elle ne peut pas dire avec certitude que c'est bien un cri qui l'a réveillée. Elle doute même de l'avoir entendu. Un temps, elle cherche dans le ciel s'il ne s'agit pas plutôt d'un rapace qui saluerait le monde comme un souverain son peuple, mais rien… À l'autre bout de sa vie, il y a cet instant, identique presque, où ce n'est pas elle qui crie mais elle qui écoute, où elle reste immobile, sur ce rocher qui domine les paysages alentour, cherchant des yeux une confirmation à ce qu'elle a cru percevoir. Pense-t-elle, à cet instant, que le cavalier est revenu la chercher ? Non. Une vie entière a passé et le cavalier est si loin qu'il n'appartient plus à sa mémoire. Soudain, elle l'entend à nouveau : très lointain, étouffé par la distance. Elle est incapable d'en comprendre le sens – cri de douleur ou célébration du jour qui débute – mais elle ne peut plus douter qu'il s'agit bien d'un son humain, poussé avec régularité dans un monde de pierres. Il lui faut du temps pour trouver d'où il provient dans ces paysages endormis. Elle scrute avec concentration les terres qui s'étendent à ses pieds, chaque dune, chaque courbe, et aperçoit enfin un nuage de poussière à l'horizon. Ils sont de retour. Cela ne fait plus de doute. Quelques longues minutes passent encore et le cri, à nouveau, retentit, ni plus long, ni plus court que les autres fois. Un homme, là-bas, annonce au jour naissant quelque chose qu'elle n'entend pas. Alors, d'un coup, elle se presse, ramasse avec des gestes nerveux un sac en peau de chèvre dans lequel elle a mis une gourde et quelques affaires ainsi que deux couvertures qu'elle roule et met sur son dos. Puis, elle saisit son bâton et entame la descente. Elle connaît chaque pierre, ne s'écorche les pieds sur aucune. À l'autre bout de sa vie, il y a ce matin où elle glisse avec urgence dans de minuscules chemins de cailloux malgré son âge et son usure, et elle le fait avec l'assurance d'une chèvre.

Elle sourit. Elle est arrivée avant eux. Postée sur le bord du sentier, elle attend que les premiers cavaliers du convoi apparaissent. Elle cherche des yeux son fils qui est là, dans cette colonne d'hommes et de bêtes où les silhouettes se confondent avec la poussière. Cela fait trente-sept jours qu'il est parti. Trente-sept jours qu'elle l'a confié aux caravaniers et qu'elle attend son retour. Ils ont quitté le caravansérail un jour de chaleur harassante où le souffle des bêtes se mêlait à celui des hommes. Ils sont allés vendre du bétail et des poteries contre des épices et des objets de cuivre dans le grand marché à l'orée des dunes de sable. Aujourd'hui, ils sont de retour et elle a peur. Comme à chaque fois. Elle redoute toujours cet instant. Qu'est-ce que les dieux ont décidé de faire de son fils pendant le long voyage auquel elle l'a soumis ?

Dès qu'elle voit la première monture, elle entend également le cri poussé par son cavalier. Cela n'a plus rien à voir avec ce qu'elle a entendu du haut des dunes de roche : c'est un cri aigu, long, qui se termine par une sorte de jappement. Elle est frappée par sa puissance. Il est tendu, avec une intonation voilée qui déchire l'âme. Elle sait ce que cela signifie : que la colonne ramène avec elle un mort. Un de ceux qui sont partis d'ici il y a trente-sept jours ne respire plus, n'est plus qu'une dépouille accrochée à l'arrière d'un dromadaire. Elle se fige, attend, est sur le point de demander aux dieux pourquoi ils lui enlèvent toujours ceux qu'elle aime, mais elle ne le fait pas, elle serre les lèvres et reste suspendue. Le cavalier reprend son cri. Les habitants de l'oasis sortent les uns après les autres et se pressent maintenant autour d'elle le long de la route. Tout le monde scrute les cavaliers qui apparaissent. Chacun cherche des yeux celui qui manque. Elle pourrait mourir dans ces instants d'attente qui sont comme des vies entières. Et puis, son fils apparaît enfin. Malaka. Elle le reconnaît à la façon qu'il a de se tenir. Alors elle baisse la tête, se penche sur la terre, embrasse la paume de sa main, puis la pose sur le sol, refait le geste trois fois de suite, pour remercier les dieux voraces qui aujourd'hui ont décidé de l'épargner. Personne ne bouge ni ne parle.

Personne n'accueille les arrivants avec des cris de joie, comme c'est l'usage d'ordinaire. Seul monte de la colonne le cri de celui qui annonce la mort. Une famille, un peu plus loin, se fige, stupéfaite, puis comprend, se met à trembler de ce malheur qui tombe sur elle, une famille heureuse quelques minutes auparavant, confiante, qui déjà pleure, se sent amputée à jamais et court vers le dromadaire pour décrocher le corps aimé. Mais ce n'est pas elle, et rien ne compte d'autre. Elle se ferme aux bruits qui l'entourent. Elle suit des yeux son fils, ne regarde que lui. Elle trouve déjà qu'il a changé – est-ce possible ? – comme si ces trente-sept jours passés loin d'elle l'avaient fait homme.

C'est la dernière fois qu'elle endurera cette épreuve. Quelque chose de profond décide en elle – non pas avec l'esprit mais avec le corps, les nerfs, le sang qui bat dans les veines… C'est la dernière fois. Elle ne viendra plus comme elle vient de le faire et comme elle l'a fait des dizaines de fois auparavant, à la porte du caravansérail, au-devant de la colonne, avec la peur de découvrir que son fils n'est plus là. Depuis des années, sa vie est rythmée par ces voyages. À chaque départ de caravane, que ce soit à la saison sèche ou au moment du grand marché aux bêtes, elle confie son fils à la colonne pour qu'il parte, quitte les campements de fortune où elle vit, qu'il parcoure les routes et connaisse les hommes – et qu'il fasse tout cela sans elle. Chaque fois, depuis cinq ans, c'est pour elle l'épreuve des jours d'attente, le ventre tordu de peur, durant lesquels il n'y a pas une minute où elle ne redoute que le malheur se soit soudain rappelé son nom, Salina, qu'il s'en souvienne, oui, et décide – pourquoi pas – de le prononcer à nouveau.

Le corps a été descendu avec précaution. Il est rendu aux bras de la famille. Il y aura une histoire de cette mort que l'on se racontera – accident ou combat. Il y aura des questions, des récits répétés mille fois, pour répondre à la soif inextinguible des proches, qui veulent connaître chaque détail. Il y aura des veillées pour célébrer celui dont la vie a été prise dans les dunes mais elle ne les connaîtra pas. Ce sera plus tard, lorsqu'elle sera déjà partie. Pour l'heure, le commerce reprend ses droits. Il faut décharger les bêtes. Les marchands sont venus de loin, attendent depuis des jours pour inspecter la marchandise et entamer les transactions. La confusion règne. Les bêtes sont emmenées au point d'eau. Elles y vont dans une cohue épaisse qui soulève la poussière. Les femmes amènent aux nouveaux arrivants des petites coupelles en bois contenant du lait de chamelle. Après avoir bu, les hommes retournent à leur activité et ouvrent les grands baluchons de marchandises pour les proposer au regard. Elle attend un peu à l'écart parce qu'elle ne veut pas gêner son fils. Il doit encore aider à décharger. Elle profite de ce temps-là pour l'observer. Quelque chose a changé en lui : pas dans son visage, ni même dans son corps, mais dans la façon dont les autres lui parlent. On le salue. Lui tape des mains sur l'épaule. Des jeunes garçons de son âge l'étreignent. "Il est un des leurs", pense-t-elle, et elle est incapable de dire si cette constatation la blesse ou la réconforte. Autour d'elle, tout le monde crie, se hèle, négocie. Les tissus passent de main en main. Les sacs d'épices sont échangés. Cela durera deux jours ou davantage, peu importe, ils ne seront plus là pour participer au brouhaha du commerce. Elle a déjà vu trop d'hommes pour aujourd'hui, trop de foule et de bruit, et il lui tarde de s'éloigner pour aller dans les terres d'où elle vient, là où les hommes ne vivent pas.

Ils ne parlent pas, laissent dans leur dos la fraîcheur de l'oasis et le tumulte de la foule. Elle ne lui a encore rien demandé. C'est d'abord aux corps de se retrouver, ensuite seulement les bouches parleront. Pour l'heure, ils doivent juste marcher côte à côte, ajuster leur pas, retrouver leur complicité silencieuse. Ils quittent l'effervescence du marché et s'enfoncent dans le silence minéral des dunes de pierres. Revenir au silence lui fait du bien. Le bruit des hommes commençait à lui faire tourner la tête. Trop de voix, de corps, de mouvements et d'agitation qui lui rappellent trop de souvenirs de foules vindicatives, de cris, d'insultes.

Ils sont deux, à nouveau, sur des terres immenses, la mère et le fils, vivant au même rythme, allant au même pas, se tenant éloignés avec prudence de la compagnie des hommes. Lui s'emplit avec bonheur de cet air épais. Il lui semble retrouver le silence dont il est né. Les journées sont vastes et n'ont besoin d'aucun mot. Ils sont chez eux dans des déserts inhospitaliers de pierres qui emprisonnent la chaleur et amplifient les sons. Elle lui a appris à faire d'un arbuste un campement. Elle lui a enseigné le tracé des sources, l'eau qui court sous les dunes. Ils savent décrypter les intentions du ciel et les colères du vent. La vie n'est faite que de cueillettes, de petites chasses, d'heures à compter les étoiles ou à écouter ses récits. Aujourd'hui, il retrouve le visage de pierre de sa mère, sa façon têtue de marcher, et il lui semble que quelque chose est immuable dans ces paysages de cailloux.

Tout est là, identique. Il retrouve l'abri de sa mère adossé aux montagnes du désert. C'est un mur de pierres disposé en cercle recouvert d'un toit de palmes séchées et de branches mortes. Il retrouve la petite structure en bois, à quelques pas de la hutte, arrimée au sol par de lourdes pierres : de longs bouts de bois plantés en terre et surmontés d'une sorte de toit permettant de poser des affaires de toutes sortes, calebasses, vivres, ustensiles, pour qu'elles soient inaccessibles aux rongeurs. Il retrouve, un peu plus loin, l'enclos où Salina fait dormir ses quatre chèvres. C'est le domaine des mouches, qui tournent dans un parfum épais de musc.

Salina prépare un feu. Il attend qu'elle parle comme elle le fait toujours. Il a hâte. Il en a toujours été ainsi. Le soir, lorsqu'elle a lavé les plats de cuivre en les frottant de sable, elle parle. Et le jeune homme s'est toujours empli avec avidité de ces mots, pressentant qu'ils lui étaient donnés pour qu'il grandisse. Toutes ces histoires. Tous ces récits. Plus que tout le reste, elle lui a donné cela, lors de veillées toujours recommencées. Mille fois, elle a raconté des épopées étranges, des batailles, des mythes barbares, mille fois, son passé et l'époque brutale dans laquelle elle était née. Il écoutait tout, avec avidité, sidéré qu'il puisse y avoir tant de mots dans cette femme. Que sa mère qui ne vivait rien d'autre que ces journées longues passées à ses côtés, ces journées de marche, de campement, de survie, ait pu avoir une vie si pleine de blessures et de fracas. Il a cru parfois qu'elle inventait, mais ce sentiment a vite disparu. Elle avait dans la voix des fêlures qui ne mentent pas, quelque chose en elle se brisait parfois, elle butait toujours sur le même nom, s'essuyait les yeux toujours à l'évocation de la même scène. Il veut l'entendre raconter les récits qu'il connaît déjà et qu'il a envie de retrouver, mais elle ne le fait pas. Au bout d'un certain temps, elle lève la tête et lui dit : "Aujourd'hui, c'est à toi de parler..." Qu'il dise ce qu'il a vu et vécu. Qu'il raconte la mort du jeune homme, le marché aux épices du Nord. Qu'il lui explique la vie de la colonne, jour après jour, et les langues qu'il a apprises. Malaka hésite d'abord, mais ses yeux brillent. Il est devant le feu, il finit de manger les dattes séchées qu'elle lui a tendues et il parle des trente-sept jours de voyage. Plus il parle, plus elle sent sa joie, son excitation de jeune homme. Et ce que lui dit sa voix, ce ne sont pas les bivouacs confus de la colonne qui furent pour lui des moments d'ivresse, ce n'est pas la sidération d'être au milieu d'une aussi grande caravane, ce que lui dit sa voix, au-delà du récit qu'il fait, c'est que la vie a passé. Son fils est là, devant elle, grand comme un homme. Elle le regarde avec émotion, semble le voir pour la première fois. Il croise son regard mais ne comprend pas que c'est le regard d'une mère qui découvre que son enfant ne lui appartient plus tout à fait. Elle le laisse parler, espérant qu'il le fera durant toute la nuit, même si elle s'endort, même si le feu s'éteint et que le froid les saisit : qu'il parle pour raconter tout ce qu'il a vu, pour que ces instants s'étirent et ne s'achèvent jamais. Elle a bien fait de le confier à la colonne. Elle s'était juré de le faire lorsqu'il était encore un nouveau-né. Malgré sa peur et ses réticences de mère, elle s'était juré de l'arracher régulièrement à ses propres bras. C'est ce qu'elle a toujours appelé "le serment d'Alika". Aujourd'hui, elle sent qu'il n'a plus besoin d'autres voyages. Il est prêt. Il sait ce qu'il doit savoir. Alors, lorsqu'il se tait, lorsque la nuit est tombée et que les chèvres se sont regroupées, serrées les unes contre les autres en prévision du froid qui va descendre des montagnes, elle le regarde et lui dit simplement : "Demain, nous partirons." Elle le dit avec une voix qui ne laisse aucun doute. Il n'est pas besoin de préciser ni où ni pourquoi. Il comprend que ce qu'ils vont quitter demain, ce ne sont pas seulement ces terres de cailloux, cette vieille hutte où s'entassent des objets d'exil et les montagnes alentour, c'est leur vie même.

II

LOIN DES HOMMES

Elle a pris avec elle deux chèvres et a laissé l'enclos ouvert derrière elle. Les deux autres bêtes sont sorties et ont disparu dans le labyrinthe de roches qui les entoure. Elle a emporté les ustensiles de cuivre dont elle a besoin mais a pris grand soin de ne pas trop se charger. Malaka se retourne une dernière fois sur le campement, pressentant qu'il n'y reviendra plus. "Ici vivait Salina", pense-t-il en embrassant du regard le petit abri de sa mère. Ici vivait Salina qui s'éloigne, laissant derrière elle ce fatras de vie, mélange de branches et de pierres qui n'accueillera plus que le vent. Il le contemple et il est surpris de constater qu'il n'éprouve aucune tristesse à ce départ. Le reste l'attend, et il est plus vaste, plus enivrant. Alors il court pour rattraper sa mère qui a déjà disparu derrière la crête en prenant la direction de l'est, et il le fait avec une joie d'enfant.

Ils marchent l'un derrière l'autre, économisant leurs forces dans ce désert de poussière qui fait plier même les oiseaux. Ce n'est pas la première fois qu'ils partent. Salina a construit plusieurs campements, çà et là, toujours éloignés des villages, toujours à moitié cachés par la roche. Mais jusqu'à présent, leurs déplacements suivaient l'ordre des saisons : ils allaient et venaient d'un point à un autre selon l'époque de l'année. Maintenant, ils s'en vont et c'est différent. Les jours se succèdent. Il se demande si elle sait où ils vont ou si elle a juste décidé d'aller le plus à l'est possible. Il n'y a plus de récits le soir. Elle garde, au moment où le soleil se couche, un silence concentré. Il n'ose rien demander. Il regarde le grand mont Tadma qui se rapproche à l'horizon. Il se demande si c'est là-bas qu'ils vont. Le mont Tadma qu'il n'a jamais gravi, au-delà duquel personne ne s'aventure. Une fois seulement, il avait été jusqu'au comptoir des tissus avec la colonne des caravaniers. C'est un petit village au sud, sur les contreforts de la chaîne de montagnes. Le dernier endroit peuplé avant les cimes. Au début de la saison sèche, lorsque les neiges ont fondu, il s'y fait commerce avec les peuples de l'autre monde, qui traversent la montagne par des chemins qu'eux seuls connaissent et qui viennent vendre des tissus aux couleurs jamais vues. Il avait aimé ce comptoir où il était resté plusieurs mois, le temps d'apprendre la langue de ces hommes à la peau brune, qui étaient maîtres des forges parce que, disaient-ils, ils contrôlaient l'eau des ruisseaux. Le comptoir des tissus était le seul point de contact entre ces deux mondes si lointains. Jamais aucun caravanier ne s'était aventuré plus loin. Le mont Tadma était pour eux la limite des mondes. C'est pourtant vers lui qu'ils marchent maintenant. Non pas en empruntant le chemin qui mène au comptoir mais en avançant bien plus au nord, droit vers la barrière de montagnes, comme si elle allait s'ouvrir au moment où ils s'approcheraient.

Elle trébuche parfois et c'est nouveau. Elle a des instants de vertige qu'elle essaye de cacher mais qu'il perçoit. C'est comme si le sol se jouait d'elle. Pendant une fraction de seconde, il se dérobe. Il lui faut alors l'appui de son bras. Elle l'appelle par son nom, dans un souffle rapide : "Malaka..." Il est fier de sentir qu'elle a besoin de lui. Cela ne dure que quelques secondes : très vite, le monde redevient droit et Salina reprend sa marche. Très vite, elle est à nouveau infatigable.

Un jour enfin, ils arrivent sur le sommet d'une colline et Malaka reste bouche bée. Face à lui, le mont Tadma est là, majestueux et épais. Il ne l'a jamais vu d'aussi près. On dirait une forteresse couverte de neige. L'air a changé : des pentes de la montagne glisse un vent froid qui givre la peau et fait pleurer les yeux. Mais soudain, tandis qu'il est plongé dans cette vision, Salina défaille. Il entend son corps tomber, sa tête heurter une racine avec un bruit sourd. Il se précipite, crie son nom, le répète, "Salina !", jusqu'à ce qu'elle ouvre les yeux, difficilement au début puis avec plus d'assurance, jusqu'à sourire en découvrant le visage de son fils. Il est soulagé de voir qu'elle revient à elle. Il l'aide à se redresser, l'adosse à un arbre, lui propose un peu d'eau. Elle boit en silence, avec des gestes lents. Puis, relevant le visage vers lui, avec un sourire presque d'enfant, mi-désolé, mi-enjoué, elle lui murmure : “Je crois que j’ai commencé à mourir.” Il reste stupéfait, voudrait s’écrier que non, la relever, la convaincre de sa force, mais il sait qu’elle dit vrai. Il le sent. Il comprend soudain pourquoi ils sont partis, pourquoi ils marchent vers l’Est depuis leur départ. Salina va mourir et elle veut trouver une terre où reposer.

Il la porte, maintenant. Ses forces la quittent et elle n’est plus capable de marcher. Son corps est devenu si léger que ce n’est pas un poids ou à peine… Parfois, il sent sa main qui presse son épaule. Ce n’est pas pour lui demander de s’arrêter, c’est juste pour s’assurer qu’il est là, vivant sous elle, vigoureux. Parfois, elle s’endort. Il sent alors son corps devenir plus lourd. Ses bras glissent le long de son flanc et pendent dans le vide. Il doit faire attention, dans ces moments-là, qu’elle ne tombe pas en arrière.

Il a marqué un temps d’hésitation lorsqu’il a été sur le point d’entamer l’ascension du mont Tadma. Il a fallu se résoudre à abandonner les deux chèvres, devenues trop encombrantes. Il a hésité parce que le sommet lui semblait trop haut et l’ascension trop ambitieuse. Elle a dû le sentir. Elle a exercé une douce pression sur son épaule pour l’encourager, lui confirmer que c’était bien là qu’il devait aller et qu’aucune crainte ne devait le ralentir. Alors il s’est mis en marche.

Ils montent avec patience et minutie, cherchant un sentier sur les flancs de la montagne, s’arrêtant parfois, pour laisser le vent tomber. Ils font campement au pied d'un arbre lorsqu'il en trouve un, ou à l'abri d'un rocher. Chaque jour repartir. Chaque jour poursuivre la montée. Même si ce n'est que de quelques centaines de mètres. Progressivement, la végétation disparaît, les arbres se raréfient, l'herbe laisse place à de la rocaille. Les oiseaux sont plus rares et l'air a de plus en plus le goût du givre. Marcher. Encore et encore. C'est ce qu'elle dit avec les petites pressions de ses mains. Il lui obéit. Sans savoir s'il trouvera un chemin dans ce paysage de plus en plus hostile. Tout devient plus étroit et plus escarpé. Parfois il doit escalader des rochers. Il prie alors pour qu'elle s'accroche à lui sans faillir. Le vertige le saisit dans ces secondes où tout dépend de la force qu'elle aura encore pour s'agripper à lui ou pas. Elle tient. Ne le lâche jamais. Et ils montent ensemble, malgré la fatigue, ils montent jusqu'aux premières neiges.

Ils sont loin de tout maintenant. Le monde des hommes est derrière eux. Ils sont au-dessus des nuages. Sa mère est comme une extension de lui sur son dos. Il s'est tellement habitué à son poids, à son souffle si faible, qu'il n'y prête plus attention. C'est pour cela qu'il sursaute le jour où elle parle à nouveau. Elle ne l'a pas fait depuis si longtemps. "Je ne connaîtrai pas le lieu de ma mort…", dit-elle. Il est sur le point de s'arrêter. Il veut chercher un rocher plat où la poser et essayer de lui donner à boire ou la nourrir de quelques baies, mais il sent la pression de sa main sur son épaule et il sait que cela veut dire qu'il doit poursuivre. Plus tard – combien de temps est-ce après ? –, elle parle à nouveau et sa voix se détache avec une étonnante douceur dans ce monde minéral qui craque sous le vent. "Tu m'y porteras, toi." Il ne répond pas. Il se concentre pour continuer à avancer sans accroc ni chute. Le vent souffle plus fort, soulevant la neige qui borde le chemin, les entourant d'un tourbillon qui leur fouette le visage. Jamais deux corps n'ont été plus serrés l'un contre l'autre. Jamais deux souffles plus proches. Ses pas sont lents. Tout craque et hurle. Ils sont emmitouflés dans des peaux de bête qui se sont raidies sous la morsure du givre. À chaque fois qu'il bouge, le foulard dont il s'est entouré le cou lui blesse le menton et lui cisaille la peau. La montagne semble vouloir se refermer sur eux. Le vent s'engouffre dans les défilés et fait siffler leurs oreilles. Il les frappe, les gèle, mais Malaka tient. Et lentement, jour après jour, la lumière réapparaît.

Un matin, le vent tombe. Il ne sait pas – de ses doigts ou de son visage – quelle est la partie la plus soulagée de son corps. Le chemin qu'ils suivent s'élargit progressivement. Ils ont passé un col. Il avance encore un peu. Jusqu'à une immense dalle de pierre qui domine le vide. De là, il aperçoit pour la première fois l'autre face du monde, immense, se déroulant sous ses yeux avec la lenteur des jours apaisés. Tout est plus vert, plus touffu et se prolonge, au loin, par une immensité d'eau qu'il n'a jamais vue. Il est sur le point de poser Salina, de lui dire que le plus dur est fait, qu'ils n'ont plus, désormais, qu'à descendre, mais il ne le fait pas. Il reste immobile, avec sa mère accrochée à son dos. Il se laisse emplir du silence qui l'entoure. Elle est morte. Il le sait. Il ne sent plus de souffle contre sa nuque. Ses bras et ses jambes se sont rigidifiés, comme si elle avait voulu être certaine de ne pas tomber – même dans la mort. Il est seul, pour la première fois, avec sa mère sans vie sur son dos. Elle ne verra pas ce pays étiré qu'il observe avec calme. Elle ne s'émerveillera pas de cet océan à l'horizon et de tout ce qu'il va découvrir : ces bruits nouveaux, ces arbres luxuriants. Elle ne connaîtra rien de ces terres qu'il va parcourir mais elle est là, encore, contre lui, et il lui reste à trouver un endroit où l'ensevelir dans cette immensité nouvelle.

III

L'ÎLE CIMETIÈRE

La longue toilette du fils à la mère commence. Il a mélangé de la sève d'arbre avec de l'eau des ruisseaux. Il a parfumé la décoction avec des herbes aux odeurs vives. Tout est prêt. Il hésite un temps devant le corps de sa mère. Sa nudité le gêne : les seins flasques comme des poches vidées, les poils du pubis clairsemés, les chairs des cuisses un peu molles et les cheveux lâchés… Il les a si rarement vus ainsi. Salina portait toujours son voile bleu sombre qui la protégeait du vent et du sable. Il reste immobile, se demande s'il y parviendra. Il doit se forcer, passer outre sa gêne. Le corps qu'il a sous les yeux n'a plus de pudeur. Il est mort. Elle est nue comme l'est l'arbre, comme l'est la roche. Il va passer sa main dessus et ce sera comme de la passer sur un tas d'humus ou le long de l'écorce. Mais il hésite encore, puis enfin, il prend les doigts de la vieille femme dans sa main et, avec la précaution d'un soignant, les imbibe, un à un, à l'aide d'un tissu, du baume qu'il a confectionné.

Il va lentement. De chaque doigt montent les souvenirs d'autrefois. Il les sent, les laisse s'échapper, flotter un temps dans l'air, puis s'évanouir. Chaque doigt raconte et laisse partir ce qu'elle fut.

Chaque doigt et ensuite chaque bras, avec la même lenteur. C'est la longue toilette du fils à la mère. Cela prend des heures. Il ressent tout et lorsque la nuit tombe, il s'arrête, conscient qu'il ne doit rien presser. Le lendemain, il poursuit. Et le jour d'après encore. Il continue, soulève la tête, prend plus de temps encore pour le visage. Il faut être minutieux. La bouche avec tous ses mots prononcés, crachés, tous les mots jamais sortis qu'elle n'a pu articuler et qui sont morts en elle, comme de petites choses non nées. Et puis, c'est au tour de ses lèvres – une journée entière pour les fermer doucement, et qu'elles ne se figent pas dans un rictus de douleur ou d'ennui mais qu'elles esquissent un sourire, une courbe douce, calme. Le fils passe une dernière fois les mains sur la morte. Il glisse sur la dépouille, jour après jour, jusqu'aux jambes qui ont tant marché. Une vie entière à ne faire que cela, de la naissance à la mort. Les routes, les sentiers de pierres ou de sable, de terres sèches ou d'exils. Il glisse sur son ventre, sur son sexe, même. Tout remonte. Il ferme les yeux, laisse résonner en lui ces odeurs de vie, ces sensations du passé enfouies dans la chair et que la chair libère en fondant. Tout est là. Dans ce corps qui s'assèche et laisse échapper une dernière fois sa mémoire.

Chaque soir, lorsqu'il a fini d'embaumer une partie de la dépouille, lorsqu'il dépose délicatement ce qu'il vient de couvrir d'onguent, chaque soir, il part dans les forêts et se met à hurler. Il doit mordre la vie, l'éprouver, la crier pour ne pas risquer de rester du côté des morts. Il frappe le tronc des arbres, court en dévalant la pente, sans s'inquiéter d'où il va, ni de savoir s'il retrouvera le chemin. Rien n'a d'importance. Il est un corps en pleine course qui s'épuise, jaillit et danse. Chaque nuit, après le calme minutieux de la toilette du fils à la mère, il se roule dans les bois et pousse de grands cris qui font fuir les animaux. Il pleure, hurle et bave. Il se cabre et danse, chaque nuit, jusqu'à l'épuisement.

Marcher. Retrouver ce vertige d'être au monde mais en n'étant plus rien pour personne. La mère n'est plus là, qui lui posait la main sur l'épaule, indiquait la route avec son obstination de boussole. Tout est lent, tout l'agrippe, le ralentit. Il a construit un brancard dans lequel il a déposé la dépouille de Salina. Il ne parle plus. Avec qui le ferait-il ? Il est seul dans un monde qui l'ignore. Et il essaie de se souvenir de sa voix à elle, Salina, sa voix cassée, qui lui a si souvent raconté les histoires de l'origine, qui a si souvent charrié dans ses récits les combats, les guerres, sa voix qui l'enveloppait dans les nuits d'étoiles, lorsqu'ils n'étaient que deux, sa voix qui s'est maintenant retirée du monde, comme une mer lassée du sable.

Dans la vallée, le sol est couvert d'herbe et il devient plus facile de tirer son attelage. La terre est grasse, gorgée d'eau. Il ne tarde pas à croiser un fleuve et décide de le longer. C'est là que les premiers hommes apparaissent. Il en éprouve d'abord de la crainte mais il se ravise lorsqu'il constate le calme avec lequel on prend acte de sa présence. Dans les étendues d'herbes hautes, les paysans bêchent, travaillent la terre, se relèvent parfois, le dos plié en deux, et fixent avec surprise cet homme que personne ne connaît et qui passe devant eux, mais ils ne demandent rien. Ils s'épongent le front, font parfois un geste lent de la main sans que Malaka sache si c'est pour se protéger les yeux du soleil ou pour le saluer. Il croise des femmes aussi, dans les boucles du fleuve, penchées sur les eaux pour nettoyer le linge ou laver leurs enfants et qui s'interrompent de chanter ou de se disputer lorsqu'elles le voient passer. Personne ne lui demande rien. On ne s'étonne pas de sa présence. C'est un voyageur ou un dieu, peu importe. Ce n'est pas à eux de trancher.

Progressivement, les herbes hautes se font plus rares et un chemin, même, apparaît sur les berges du fleuve. Il le suit, marche sans savoir où il va jusqu'à ce jour où, au loin, apparaissent des remparts. Il s'arrête un instant. Il n'a jamais vu chose pareille : des murailles basses et larges qui semblent être un pli de la terre. Il s'approche. Tout du long, le mur est couvert de fresques où se chevauchent des hommes, des femmes, des plantes et des animaux de toutes sortes, entremêlés, dessinant des assauts, des guerres et des étreintes amoureuses. Un peuple entier a été sculpté. À moins que ce ne soient de véritables hommes et femmes, figés dans la pierre, qui expient quelques fautes, et attendent le jour où ils pourront reprendre vie, se délier et se répandre dans la ville… Il hésite un temps, ne sait s'il doit poursuivre et s'approcher encore. Tout autour de lui, la foule est plus dense. Devant la grande porte de la ville, une colonne d'hommes et de femmes entre dans l'enceinte tandis qu'une autre en sort. On se croise, se bouscule. Les voix, les corps, les paniers d'osier, les odeurs de marché, les animaux, tout se chevauche sans qu'on fasse attention à sa présence, sans qu'on lui demande ce qu'il transporte sur son brancard. Alors il prend place dans la foule, au milieu des cris, et passe à son tour sous la grande porte.

Pris dans le lacis des ruelles, il avance comme il peut, se laisse conduire. Les rues l'aspirent, lui imposent leur rythme. Au bout d'un temps, la foule se raréfie un peu et il peut enfin marcher plus lentement. Sa tête bourdonne. Tout est misère sous ses yeux et cela contraste avec l'élégance des murailles qu'il a laissées à l'entrée – comme si seule la ville était riche tandis que les habitants, eux, étaient condamnés à la nudité et à la crasse. Sur les places qu'il traverse, il voit des corps tordus, estropiés, qui claudiquent dans la boue. Des femmes maigres, tétées par des nourrissons voraces dont elles ne savent plus que faire, lèvent la tête à son passage avant de la baisser à nouveau. Il voit des vieux, déments, qui roulent des yeux fous et déposent des prières, d'une voix secrète, dans les fissures des façades. Oh, la ville de trop de vivants, la ville hagarde d'elle-même, pleine, trop pleine, de faim et d'épuisement. En suivant les venelles au hasard, il finit par découvrir, devant lui, un canal. Partout, le long du cours d'eau, des barques sont à quai, attachées les unes aux autres. Montagne de légumes ou tas de tissus, on y vend de tout. L'eau du canal est souillée. Il voit des corps flotter dans les eaux et personne ne semble s'en soucier comme si ces morts n'étaient les défunts de personne. Ils sont bercés par le clapotis et glissent doucement vers l'estuaire comme des poupées lentes, mangées par les poissons. Il longe encore les quais, traverse les places saturées de marchands, les essaims d'enfants qui le hèlent. Il se laisse perdre par la ville et finit par débouler sur une place immense. Là, tout s'ouvre d'un coup sur la mer qui apparaît, large et éblouissante. Cela le surprend. Il ne pensait pas que la mer était si proche. Le dallage gris de la place se prolonge en une immensité scintillante et l'air marin le laisse étourdi.

Un homme l'observe. Assis sur le bord du quai, s'appuyant sur un long bâton de bois. Il est entouré de petits singes. Certains dorment entre ses jambes, d'autres vont, montent ou descendent tranquillement sur son corps immobile, jusqu'à se loger, parfois, sur sa tête ou dans ses cheveux. Sans savoir très bien pourquoi, Malaka s'approche et le salue de la tête. Il hésite puis prononce le mot "cimetière" avec une interrogation dans la voix. Le vieil homme d'abord ne répond pas, puis, avec lenteur, sans bouger presque, ne faisant que les gestes absolument nécessaires, indique une direction dans son dos. Malaka regarde, cherche ce que son interlocuteur peut bien indiquer de la main mais ne voit que la mer. Est-ce que l'homme l'invite à laisser glisser Salina dans les eaux ? Mais soudain, son œil est arrêté par une forme à l'horizon. C'est une île. Il repose alors sa question, en montrant l'île du doigt : "Cimetière ?" L'homme acquiesce de la tête.

Ce que Malaka ne voit pas, c'est que tout autour d'eux, quelque chose a changé. Les conversations se sont interrompues. Les regards se sont posés sur lui. Ce que Malaka n'entend pas, c'est ce mot, chuchoté par tous les badauds : "Darzagar… Darzagar…" qui est le nom du vieillard. Partout sur la place, les gens arrêtent de faire ce qu'ils faisaient, se taisent et les observent. Petit à petit, il comprend que c'est parce qu'il s'est adressé à cet homme mais sans savoir si c'est une faute qu'il a commise ou s'il est face à un personnage sacré… Soudain, la voix de Darzagar retentit, avec calme. Il a plongé ses yeux gris-vert dans les siens et lui demande :

"D'où viens-tu ?

— D'au-delà de la montagne.

— Quelle montagne ?

— Celle que nous appelons Tadma et qui sépare les mondes.

— Qui apportes-tu avec toi ?

— Ma mère."

Partout autour d'eux, la place s'est figée. Seuls les chats continuent à longer les murs à la recherche d'une pauvre pitance. Darzagar se redresse en s'appuyant sur son long bâton de bois. Les petits singes qui avaient élu domicile sur ses épaules, dans son cou ou sur ses genoux glissent les uns après les autres le long de ses vêtements et caracolent à ses pieds, surpris de devoir bouger, et s'éloignent à regret de cette chaleur vivante. Lui a des gestes lents de montagne. Il fait tomber les derniers petits mammifères avec précaution puis, s'aidant de son bâton, se lève totalement, dépliant toute sa taille. Il est maigre, torse nu, le ventre presque entièrement recouvert par sa barbe.

“La barque t’attend”, dit-il, et il désigne du doigt une embarcation qui semble arrimée là depuis que la ville est ville.

Le boutre se fraye un chemin à travers les bateaux des marchands, les paquets d’algues et les branches entremêlées. Le vieil homme appuie sur son bâton avec des gestes sûrs, sans jamais faire plus d’effort qu’il ne doit. Sur la place qu’ils laissent derrière eux, les hommes et les femmes se sont pressés sur le bord du quai et les regardent s’éloigner en silence. Lorsqu’ils dépassent un bateau, les visages se tournent vers eux, les cris cessent, les conversations se suspendent. Ils sont suivis par tous ces yeux. Et comme s’il avait compris que Malaka se demande pourquoi la foule le contemple avec tant de surprise, le grand vieillard, entre deux poussées, lui explique : “J’attendais ce jour depuis longtemps. Et toute la ville aussi…”

Sans très bien savoir ce que cela signifie, Malaka comprend que la sidération qu’il lit sur le visage de ceux qu’il dépasse vient de là : de l’honneur – mais est-ce un honneur ? – d’être sur cette barque, de voir le vieillard arc-bouté à nouveau sur son long bout de bois, emmenant au large celui qu’il a fait monter.

Ils s’éloignent de la terre. Malaka se laisse bercer. Il a eu peur au début, mais maintenant, les reflets qui scintillent sur la surface de l’eau le fascinent et l’absorbent tout entier. Il finit par demander si le cimetière est bien l’île qu’il aperçoit et Darzagar lui répond que non. Il y a cinq îles alignées dans la baie, comme un collier de perles. L'île cimetière est la dernière. Le chemin sera long.

"Je pourrai enterrer ma mère là-bas ? demande alors Malaka.

— C'est le cimetière qui décidera", répond le passeur.

Puis il donne une nouvelle grande poussée, tout en laissant filer l'embarcation, et explique que le cimetière où il l'emmène est sacré. L'île est cerclée d'une muraille. Il n'y a qu'une porte, épaisse, qu'aucun homme ne peut ouvrir. Il faut embarquer les morts et pendant tout le temps que dure la traversée, raconter ce que fut la vie du défunt. Le cimetière entend le récit. Et au terme du voyage décide si la porte doit s'ouvrir ou pas. Le vieil homme raconte les familles entières transportées qui se présentent à la muraille : ceux qui racontent si peu parce qu'ils découvrent qu'ils ne savent rien, ceux qui ne sont pas d'accord et se disputent sur le chemin, ceux qui mentent, enjolivent… Il raconte la porte du cimetière restée fermée depuis tant de temps. Est-ce parce que le cimetière est plein qu'il refuse de s'ouvrir ? Est-ce pour punir les habitants d'un crime qu'ils auraient commis sans même s'en apercevoir ? Personne ne sait. Mais la porte reste close.

Lorsque le vieil homme a terminé, il ajoute en plongeant le bâton dans les eaux et en poussant de toute sa force : "Lorsque nous serons sortis de la baie, tu pourras commencer le récit de celle que tu amènes avec toi."

Et Malaka ne répond rien, essayant soudainement de ramener à lui tous ses souvenirs, toutes les histoires que Salina lui a racontées de son vivant. Il repense à toutes ces images qui l'ont envahi lorsqu'il faisait la toilette du fils à la mère, mais qui étaient en désordre, par morceaux. Il repense aux récits qu'elle faisait elle-même de son enfance dans les campements du désert. Et pour la première fois, il essaie d'envisager la vie de Salina comme une histoire qu'il aurait à raconter.

Une fois au large, les vagues apparaissent. Elles ne sont pas fortes mais c'est un roulis nouveau auquel Malaka n'est pas habitué. Il s'agrippe au bord de la barque, la main crispée. La lumière du jour perd en intensité. Les îles restent invisibles. Il n'aperçoit que la première. Les autres sont cachées par une sorte de brume qui rend la ligne d'horizon incertaine. Il se sent prêt. Il a réfléchi à l'endroit où il commencera son récit. Il est sur le point de prendre la parole, lorsque Darzagar lève la main pour l'arrêter : "Pas encore. Il faut attendre la barque des témoins."

Et il tire son long bâton hors de l'eau, le dépose au fond de la barque et cesse toute activité pour que leur embarcation s'immobilise. Ils sont trop loin de la côte maintenant pour que cette perche lui serve à quoi que ce soit. Darzagar s'assoit à la proue, face à Malaka, et se tait. Il s'installe dans l'attente et Malaka sent que cela peut durer des heures. Ce n'est plus ce qui compte. La barque dérive doucement, comme si le vieux passeur s'en était remis à la mer, ou à la lune, ou à tout autre force que Malaka ne connaît pas mais qui régit l'ordre des choses. Le monde doit prendre une décision et ils ne peuvent ni le presser ni l'influencer.

Elle arrive enfin, la barque que Darzagar attendait. Elle a une voile rouge brun. C'est un pêcheur qui les a suivis au moment où ils ont quitté le quai. Lorsque l'embarcation approche, Malaka aperçoit de nombreux paniers tressés remplis de fruits qui alourdissent le bateau. Le pêcheur ralentit puis, sans prononcer un mot, sans demander quoi que ce soit, colle sa barque à celle du passeur. Toute sa famille est avec lui : une femme aux yeux noirs et des enfants autour. Combien sont-ils ? Quatre ? Cinq ? Malaka ne voit que des jambes endormies, des bras qui enlacent d'autres bras, tous entourés par des couvertures colorées qui doivent sentir le sel du large. Les deux barques sont maintenant solidaires l'une de l'autre. Le marchand n'a pas descendu sa voile. Il retourne au gouvernail. C'est lui qui dirigera les deux embarcations. Personne n'a parlé. Personne ne s'est présenté mais Darzagar se lève doucement, et avec une craie dessine un signe étrange sur le bois de la barque marchande. Il prononce une phrase que Malaka ne comprend pas, puis se tourne vers lui et lui dit :

"Par ce signe sur la barque, les langues se mêleront et toute parole sera comprise."

Puis il revient s'asseoir et dit d'une voix posée en le regardant droit dans les yeux : "Maintenant, tu peux commencer."

Malaka sait alors qu'il est temps de raconter qui fut sa mère. Il sait qu'il est temps de prononcer ce vieux nom de Salina qui n'existe plus que pour lui et qu'il a gardé comme un bien précieux. Et c'est comme si, tout à coup, un autre monde surgissait dans la douceur du soir, un monde sec, aride, fait de sang, de blessures et empli de l'odeur épaisse des hyènes.

IV

PREMIERS SANGS

“Moi, Malaka, fils élevé dans le désert par une mère qui parlait aux pierres, je vais raconter Salina, la femme aux trois exils. Je vais dire ma mère qui gît là, au fond de la barque, et le monde qui apparaîtra sera fait de poussière et de cris. À l’époque où le monde a accueilli sa vie, il y avait des soleils qui faisaient saigner la peau et un désir de vengeance sauvage. À l’époque où le monde a accueilli sa vie, il y avait une enfant venue de nulle part. Elle est née loin, Salina, si loin que personne ne connaît le lieu exact ni de qui elle fut l’enfant, pas même elle. Moi, Malaka, qui dois faire le récit de sa vie pour que le cimetière décide de s’ouvrir ou pas, je choisis de commencer par ce jour de marche, à l’autre bout de sa vie, car c’est là que tout débute. Un jour de chaleur épaisse où un village entier a tourné la tête vers les montagnes. Les mots que je vais prononcer, je les tiens de loin. Je n’ai pas connu ces jours rêches de combat. Ma mère me les a racontés mais elle ne s’en souvenait pas non plus. Elle les tenait d’une autre voix : celle de Mamambala. C’est elle qui lui a raconté ce que je vais dire. Moi, Malaka, fils d’une longue chaîne de voix, je reprends les récits d’avant ma vie et de bouche en bouche, de veillée en veillée, je vous fais parvenir ce que fut cette journée. Ne vous fiez pas à ma solitude, nous sommes nombreux dans cette barque : tout un monde se présente à vous par ma voix."

Malaka se tait un instant pour reprendre son souffle. Personne ne bouge. Les yeux sont tous tournés vers lui. Il sait à cet instant qu'il aura la force de parler longtemps. Il se sent bien. Le temps est comme suspendu. Rien ne vient rompre l'intensité de la nuit. Alors il commence son récit. Il parle des hyènes, de ce jour où les minutes étaient longues et où le soleil a fini par céder. Il évoque cet homme venu de nulle part, qui ne prononça pas une parole. Il explique les cris ininterrompus du nouveau-né. Il raconte le face-à-face entre les hommes et les hyènes, avec le nouveau-né au milieu, et il dit qu'en ce jour, ce sont les bêtes qui ont cédé. Il parle de Mamambala et de sa voix de réconfort. La femme debout face au clan qui rompt l'ordre d'immobilité et nomme l'enfant. Il dit la sécheresse et l'énigme de ce jour lointain qui ressemble à une naissance, puis il se tait, étonné d'avoir tant parlé. Durant tout son récit, Darzagar n'a pas bougé. La barque a avancé doucement, portée par le vent. Le passeur est resté droit, immobile, plongé tout entier dans l'écoute. La femme du pêcheur s'est rapprochée, elle aussi. Elle s'est collée contre leur barque pour être sûre de ne rien perdre du récit, avec un enfant dans ses bras, dont elle tapote l'épaule pour le bercer, et un autre, lové dans ses jambes. Les deux barques continuent d'avancer dans la nuit, lentement, sans hâte ni hésitation. Personne ne brise le silence. Malaka repense à tout ce qu'il vient de dire, à tous ces mots qui sortaient de sa bouche. Il n'a rien inventé. Tout ce qu'il a dit lui a été raconté mais il l'a agencé et c'est la première fois qu'il le fait. L'histoire qu'il déploie le ramène à cette femme et il est en train de songer qu'au fond, il ne la connaît pas.

"Moi, Malaka, reprend-il, fils des longues veillées du désert, je le dis devant vous : je ne sais pas qui était cet enfant. J'y ai souvent pensé. Lorsque j'étais jeune, sur les marchés des caravansérails, j'ai entendu parler des « enfants-malheur ». Dans le royaume des lacs, il y a, paraît-il, cette tradition pour calmer la voracité du mauvais destin : choisir dix enfants du clan et les perdre. On ne les tue pas, on les envoie de par le monde, chacun accompagné d'un homme chargé de les déposer le plus loin possible. Les dix enfants sont soustraits à leur famille. Le jour de l'arrachement, tout est pleurs et gémissements, souffrance de mères et cris de révolte, mais les dix guerriers sont choisis pour leur dureté. Ils ne doivent revenir que les mains vides. Ils déposent les nourrissons choisis sur les routes du monde. Certains meurent, de faim, d'épuisement ou parce qu'ils sont recueillis par des hommes qui les négligent ou s'en méfient. D'autres survivent, adoptés là où on les a déposés. Le peuple des lacs essaime des possibles et calme, par ce geste, la mauvaise humeur du sort qui s'irrite de trop d'opulence, de trop de paix, et qui demande sa part de chair. Est-ce que Salina a été une de ces enfants, offerte aux routes pour apaiser le malheur ? Je ne sais pas… À moins qu'elle n'ait été le châtiment de cet homme dont on ne saura jamais rien – à part son visage de poussière. Était-il condamné à prendre avec lui un enfant qui pleure jour et nuit ? – Pour quelle faute ? Ce que je sais et ce que je dis, c'est qu'un jour, pour une raison inconnue, obéissant à des règles obscures, l'homme a senti devant le village des Djimba que le temps de sa peine ou de sa mission touchait à sa fin et qu'il pouvait se libérer des cris qui lui avaient vrillé le crâne durant des semaines… À partir de ce jour, Salina devint une enfant. Elle est sortie de la matière indistincte qui pouvait à tout moment l'avaler : poussière de désert et mâchoires de hyènes. Elle s'est extraite de l'odeur de sueur d'homme et de bête et les bras de Mamambala l'ont fait naître. Ce que je vais raconter maintenant, ma mère s'en souvenait. Elle m'en a fait le récit elle-même. Ce n'est plus une scène perdue dans le passé, mais une constellation de souvenirs, et c'est comme de mettre mes pas dans les siens."

Malaka pense à tout cela et sait qu'il n'aura jamais de réponse, qu'il ne pourra jamais, avec certitude, dire qui était sa mère et ce que contenaient les pleurs des origines. Mais il sait que les mots qu'il vient de prononcer sont ceux qu'elle lui a elle-même transmis et qu'elle tenait de Mamambala. Cette femme qu'il n'a jamais connue surgit dans la nuit, prend presque corps, puisque ce sont ses paroles qui sont dites. Il va poursuivre le cours de son récit et il sait qu'à partir de maintenant, c'est la voix de Salina qu'il aura dans l'oreille. Tant de fois, elle lui a raconté cette histoire. À tel mot, toujours, sa voix se brisait. À l'évocation de tel homme, ses yeux fixaient le feu avec haine. Il regarde le sac de toile qui est à ses pieds et qui protège la dépouille des embruns. Tant de fois la rage est apparue dans sa voix au moment où elle rapportait les insultes qu'on lui avait jetées au visage, les offenses qu'on lui avait fait subir. Il est sur le point de reprendre lorsque, tout à coup, Darzagar tourne la tête. Dans tant d'immobilité, ce mouvement surprend Malaka qui regarde à son tour. Sur sa gauche, un peu dans leur dos, une nouvelle embarcation est apparue. Un des hommes à bord agite lentement une grosse lanterne. Le pêcheur qui les accompagne ralentit, fait en sorte de présenter aux nouveaux arrivants l'autre flanc et, à nouveau, les barques s'arriment. Le boutre de Darzagar est maintenant encadré de deux bateaux de pêcheurs. Pendant toute la manœuvre, personne ne parle, personne ne s'explique. L'arrimage a lieu en silence. Jets de cordes et gestes rapides. Et lorsqu'enfin ils ont fini, tous s'assoient sur les bancs en bois de leur barque, le visage tourné vers Malaka, et il sait alors qu'il peut poursuivre.

"Moi, Malaka, fils de l'énigme, je ne peux pas raconter une enfance entière : ces longs jours de silence où Salina n'est qu'un corps blotti contre celui de Mamambala. Puis ses progrès, ses hésitations, ses tentatives... Ces jours où elle s'élance, babille, marche, puis parle. Je ne peux pas raconter les mois qui passent, les années, et pourtant il le faudrait. Car c'est là qu'elle devient un membre du village. C'est là qu'elle arpente ses terres, apprend à connaître chaque recoin de chaque cahute. Je devrais car c'est là qu'elle est heureuse. Enfant qui court, joue, et n'a rien d'autre, devant elle, qu'une succession de jours de liberté toujours renouvelés.

Alors, je dis que le nourrisson devient une enfant. Que le corps chétif de la petite chose qui avait été déposée devant les hyènes gagne en force et en vigueur. Mamambala veille sur elle. Elle lui donne le sein. Salina grandit, marche, écoute, la questionne. Mamambala lui apprend tout : le jeu des pierres dans le fond des rivières, le son des saisons, la façon de coiffer les cheveux d'une fille selon les couleurs du ciel. Elle prie les esprits avec elle, à ses côtés. Son odeur dans la couche, généreuse, épaisse, est celle de la bienveillance. Je ne peux pas raconter toutes ces années et pourtant il faudrait, car c'est là qu'elle rencontre Kano, fils de Sissoko Djimba. Il est pour elle un petit garçon avec lequel elle joue, avec lequel elle découvre le monde. Kano qu'elle aime. D'emblée. D'aussi loin qu'elle puisse se souvenir, parce qu'il est à la fois l'autre et elle-même. Avec lui, courses, jeux, premières peurs et serments de toujours. Avec lui, les mille choses qui ne sont rien, les mille gestes anodins et heureux de l'amour enfantin et la certitude que la vie est là, sûre, pleine et lumineuse. Je ne peux pas raconter le détail de chaque jour, la confiance qui croît entre la femme et la petite fille, mais je sais cela : il n'y a qu'une chose que Mamambala n'a pas dite, c'est que grandir était un exil."

Salina change, devient petite fille, gagne en taille, en beauté. Elle grandit en ignorant qu'il y a ce jour, devant elle, ce jour qui donnera raison à ceux qui rient lorsqu'elle dit qu'elle ne prendra jamais d'époux. Elle ne sait pas qu'il y a ce jour, devant elle, où le monde la saisira par les cheveux et prendra possession de ce qu'elle est. Sissoko Djimba, le chef du village, a deux fils : Saro et Kano. Saro est l'aîné. C'est déjà un jeune guerrier. Il a hâte d'éprouver ses forces. Salina ne voit pas que Saro a déjà commencé à tourner autour d'elle. Il le fait comme un animal qui sait qu'il faut être patient. Il a toujours été là, à rôder, la suivant partout, apparaissant dans les fougères, riant depuis l'autre berge du fleuve, ou restant immobile comme une vigie sur le sommet d'une dune, tandis qu'elle ramenait l'eau au village. Depuis le jour de son arrivée, Saro veille sur elle comme un propriétaire qui couve du regard son cheptel. Elle s'en moque. Elle joue avec Kano, s'enivre de lui. Kano et ses boucles brunes, son sourire de gazelle, Kano agile, complice, qui est le monde entier pour elle. Souvent, énervée par la présence de Saro, elle se précipite vers lui et lui demande avec un ton de défi : "Que veux-tu, toi ?" et jamais il ne répond, ou avec des phrases étranges qui le font sourire : "Cela viendra", dit-il avant de partir. Cracher par terre ne suffit pas. S'enfuir en courant ne suffit pas. "Un jour, tu seras mienne", dit-il. Répondre : "Jamais !" ne suffit pas. Crier qu'elle n'aime que Kano, que si elle doit être à quelqu'un ce sera à lui, ne suffit pas. Saro devient froid comme la pierre. Les lèvres pincées, le regard dur, il lui dit en s'approchant d'elle – si près qu'elle sent son odeur d'homme et cela l'envoûte et la répugne à la fois – que s'il le voulait, il pourrait très bien la prendre, là, tout de suite, quand il en a envie, que personne ne s'y opposerait parce qu'il est l'aîné des Djimba et que cela suffit. Il est fils de Sissoko et tout lui appartient pour peu qu'il pose les yeux dessus – or il a posé les yeux sur Salina. Il dit que s'il ne se jette pas sur elle tout de suite, c'est parce qu'il n'est pas stupide. Il serait absurde de croquer un fruit qui n'est pas encore mûr quand on peut attendre qu'il le soit. À ces mots, toujours, elle roule des yeux de colère et part en courant, inquiète de ce qu'il dit. Plus que les mots qu'il prononce et qu'elle ne comprend pas tout à fait, ce qu'elle redoute, c'est son assurance. Mais Kano finit toujours par la rassurer. Il vient la trouver, chasse la grimace qu'elle a sur le visage, l'entraîne et les jeux reprennent.

Et puis, il y a ce jour, long comme un soleil qui agonise, il y a ce jour à la rivière où elle est seule, venue laver le linge pour que Mamambala n'ait pas à le faire. Les mouches tournent avec plus de bruit que d'habitude, entêtantes comme des parfums trop sucrés. Il y a ce jour où elle se sent lourde, ralentie. Comme si tout autour d'elle collait sous les doigts. Comme si l'air avait décidé de cesser de bouger. Laver le linge est pénible. Le dos lui tire. Il y a ce jour où elle se relève et pousse soudain un cri : d'entre ses cuisses coule du sang. Épais. Visqueux. Entre ces cuisses, son sexe est gonflé. Elle ne comprend pas. La rivière est souillée. Elle a un mouvement de retrait, honteuse de cette trace qu'elle laisse dans l'eau. Elle respire, souffle court, fait quelques pas en arrière. Le sang coule sur les plantes, puis sur le sable. Elle a honte comme si elle polluait tout ce qu'elle touchait. Elle est obnubilée par le spectacle de ce sang qui s'échappe d'elle. Elle ne ressent pas de douleurs mais il lui semble qu'elle perd quelque chose. Elle garde les yeux fixés sur ces traces sans faire attention à l'avidité du monde autour d'elle.

Elle ne pense qu'à Mamambala. Elle la voudrait là, à ses côtés, elle voudrait lui serrer la main, lui demander ce qui lui arrive, écouter ses conseils, et les suivre à la lettre pour que cette chose cesse au plus vite et que tout redevienne normal. Elle voudrait son sourire bienveillant, son odeur de vieille terre. Et ce n'est que lorsque le cri de Saro retentit qu'elle découvre qu'elle n'était pas seule, qu'il l'a épiée et que lui comprend ce qui la souille. C'est un rire puissant, un rire de triomphe et d'excitation. Elle comprend que Saro se réjouit parce que ce sang perdu – d'une façon ou d'une autre – est ce qu'il attendait à chaque fois qu'il l'épiait. Elle sent la menace si forte que lorsque Mamambala accourt, lente, encombrée de son propre poids, les yeux hagards, Salina ne peut que dire, en répétant ces mots qui sont une faible défense face au rire de Saro : "Je ne veux pas… Je ne veux pas…"

À partir de ce jour, Saro vient plus souvent encore qu'auparavant. Il tourne autour de la case où Mamambala a caché Salina. Il vient la sentir, la renifler. Parfois, lorsque Mamambala est sortie, il entre subrepticement pour la faire crier de peur et de colère, avance jusqu'à ce que son visage touche presque le sien puis il la lèche et repart en courant. Elle se sent prisonnière, empesée. Ses seins gonflés lui font mal. Elle a la tête lourde. Elle déteste cette viscosité nouvelle au creux des jambes parce qu'elle a compris que d'elle ne viendraient que des pleurs. Elle reste là, épuisée et mécontente, et les jours sont longs. "Combien de temps encore, Mamambala ?" demande-t-elle avec épuisement. Et la vieille femme ne répond rien, fait une moue entendue et lui prépare un jus de racine pour la fortifier. Combien de ces journées lentes où elle se sent comme un insecte englué dans une toile d'araignée ? Elle pense que le monde s'est arrêté. "Est-ce que les femmes saignent toutes en même temps, Mamambala ?" La vieille ne dit toujours rien. Elle lui applique un tissu baigné d'eau sur la nuque pour la rafraîchir. "Où va tout ce sang ? Et pourquoi les garçons s'en réjouissent ?" Mamambala tourne, range, lui propose à boire à nouveau mais ne répond rien. "Quand est-ce que le monde va reprendre ?" Si Mamambala répondait, elle lui dirait qu'il court, le monde. Salina a cru qu'il s'était arrêté, comme elle, mais tout s'agite au-dehors. Saro n'a pas perdu son temps. Il va et vient, a déjà parlé à Khaya, sa mère, et à Sissoko dont il a obtenu un hochement de tête qui vaut consentement. Le monde court et s'agite. Et lorsque Saro apparaît, passant la tête à travers la toile de la case, ou poussant des petits cris d'excitation en tournant autour, la vieille Mamambala sait qu'elle ne pourra rien faire et soupire. "De quelle blessure saignons-nous, Mamambala ?" demande Salina. La vieille voudrait parler de l'enfance qui nous quitte à un certain moment, de la liberté que les jeunes filles perdent avec ce premier sang, mais elle ne dit rien et laisse Salina dans le silence tandis qu'au village, les préparatifs ont commencé. Et lorsque le sang cesse de couler enfin, lorsque Salina se sent à nouveau joyeuse, légère, et qu'elle sort de la cahute avec l'envie de retrouver Kano pour courir avec lui de tout ce temps perdu, elle se fige. Au-dehors, quelque chose a changé. Sur les autres huttes du village, les femmes ont déposé des tissus de fête.

Salina regarde, hésite. Elle a peur de ce qui vient. Elle se retourne vers Mamambala et lui demande : “Que se passe-t-il ?” La vieille femme voudrait ne rien dire mais elle ne peut pas. Salina, déjà, répète sa question : “Mamambala ? Qu’est-ce que tout cela ?” et la phrase qu’elle entend est celle qu’elle redoutait : “Le jour de tes noces a été annoncé.”

V

LES NOCES
DU CHAMP DE BATAILLE

Salina sait que les Djimba ne reviendront pas sur leur décision, qu'elle n'a pas ce pouvoir-là, mais elle a une autre idée. Elle court, à travers les allées du village. Elle va droit vers la hutte royale. Lorsqu'elle arrive devant, sans s'annoncer, sans attendre de savoir si Khaya Djimba peut la recevoir, elle pénètre à l'intérieur et met un genou à terre. Puis, tête basse, sans lever les yeux, elle se met à parler. Elle dit à Khaya qu'elle a appris qu'on allait la marier. Elle dit qu'elle ne s'y opposera pas. Son souffle est court. Elle essaie de rester calme. Elle poursuit et dit que si mariage il doit y avoir, qu'il en soit ainsi, mais alors que ce soit avec Kano. C'est ce qu'elle demande, là, à genoux, les yeux au sol. Elle veut bien être une Djimba mais que ce soit avec le fils qu'elle aime. Elle supplie Khaya et invoque les esprits des noces, qui seront flattés qu'on leur offre l'amour. Elle parle et c'est pour prononcer le nom de Kano. Puisque cela ne change presque rien. Personne ne lui répond. Le silence est long. Elle attend encore un peu puis lève avec lenteur et respect la tête. Khaya est bien là. Devant elle. Entourée de quatre ou cinq suivantes. Elles ne bougent pas, attendent de voir ce que la reine va dire. Khaya s'approche lentement, sans quitter des yeux la jeune fille. Elle répète les phrases une à une : "Tu ne t'y opposeras pas ?" et Salina sait que cela veut dire non. "Tu veux juste choisir parmi mes deux fils ?" Elle sait que ce qui vient n'est pas seulement le refus mais l'humiliation aussi. Khaya s'échauffe, sa voix prend de la force. "Tu veux choisir ? demande-t-elle. Tu penses pouvoir décider… ?" Salina est sur le point de répéter le prénom de Kano, juste pour le brandir contre la colère qui vient, mais elle n'en a pas le temps. Khaya poursuit, la toise et sourit maintenant. "Écoute-moi, Salina, dit-elle, tu épouseras mon fils et, par ma volonté, ce sera Saro. Si tu te débats, je t'y forcerai. Si tu mords, cries et tapes, je t'assommerai de mes propres mains et nous te porterons à l'autel inconsciente." Elle dit encore et plus. Que Salina n'est rien. Qu'elle devrait être heureuse d'avoir été choisie. Que Saro va la prendre et faire d'elle ce qu'il voudra. Elle dit la rage d'avoir été offensée par cette demande. Longue haine qui naît ce jour-là, dans ces instants d'insultes froides. Longue haine qui durera toute une vie. Salina se relève, regarde Khaya droit dans les yeux, ne dit plus rien car il n'y a plus rien à tenter, mais elle veut que l'autre voie en elle, pour toujours désormais, le défi. Longue haine à jamais de l'une à l'autre échangée.

Avant de rentrer dans la hutte de Mamambala et de n'en plus bouger, avant de rester prostrée trois jours et trois nuits, espérant encore un changement d'avis de Khaya, priant pour que Kano intercède auprès de sa mère, avant de se blottir contre le flanc de Mamambala en serrant les dents, il y a ces heures qu'elle passe dans la rivière asséchée. Elle est sortie en courant, n'a pas réfléchi, a juste couru. Elle est là, maintenant, au milieu des branches d'arbres blanchies par le soleil, des galets séchés au fond du lit de pierres. Elle titube, fait tourner dans son esprit les mots qui viennent d'être prononcés. "De mes propres mains, je t'assommerai, Salina...", dit Khaya dans sa tête. Tout rit et se moque autour d'elle. "De mes propres mains, je te traînerai s'il le faut...", et la sauvagerie de la mère dépasse celle du fils. Alors elle se penche et saisit un petit bout de rocher. Il est aiguisé comme une lame. Se tuer ? Non. Elle n'y pense pas. Elle ne veut pas mourir. Elle veut gagner contre les Djimba. Ce qui naît, là, dans le fond du ruisseau asséché, c'est le combat. Elle réfléchit. Si elle se taillade le visage avec ce petit bout de pierre, elle sera privée de sa beauté et Saro ne voudra plus la faire sienne. Elle n'a qu'à se donner des coups bien profonds sur les joues, le front, en travers du nez, sur les seins s'il le faut... Cela fera mal à hurler. Elle saignera, s'évanouira peut-être. Les blessures s'infecteront et la laisseront difforme mais les noces s'éloigneront. Qui voudra d'une mariée mutilée ? Elle a la possibilité d'échapper à son mariage au fond de la main et cette liberté a la forme d'un couteau. Ce serait comme de gifler Khaya et son fils, gifler tous ceux qui se préparent déjà pour la cérémonie. Elle reste longtemps ainsi, le poing serré, envisageant la douleur et tout ce qui en découlerait, mais le visage de Kano surgit en son esprit. Elle imagine son regard lorsqu'il posera les yeux sur elle. Le dégoût qui sera le sien... Car s'il faut être mutilée, il faut l'être pour Kano aussi, et renoncer à tout. Alors, elle lâche la pierre aiguisée, qui fait un bruit dérisoire en tombant au sol, et elle revient sur ses pas, laissant derrière elle des mares de sang qui ne couleront pas et des entailles qui resteront fermées.

Le jour est lent et la chaleur épaisse comme un nuage de poussière. Les femmes autour d'elle s'affairent, nerveuses comme des oiseaux aux premières lueurs du jour. On lui enfile un nouveau collier. Elle en porte déjà cinq mais il en faut un de plus. Des boucles d'oreilles lui ont été mises, si longues qu'elles tombent sur ses épaules. À chaque fois qu'elle tourne la tête, les bijoux s'entrechoquent. Elle porte également des bracelets en or, d'épaisseur variable. Elle en a trois sur l'avant-bras gauche et deux sur le droit. Une des femmes lui demande de fermer les yeux. On la maquille. Mille mains s'occupent d'elle. Elle ne dit rien, ne pense plus à rien, voudrait que tout s'arrête, mais il faut encore l'habiller. Elle voit passer des pièces de tissu de couleurs vives, satinées, elle sent qu'on l'en revêt mais elle ne regarde plus. Peut-être, au fond, veut-on l'alourdir avec tous ces bijoux ? Qu'elle ne puisse pas s'enfuir. Que la course lui soit impossible. Ils lui ont passé des chevillères. À chaque fois qu'elle marche, elle fait un bruit de danseuse. Les femmes autour d'elle ont l'air satisfaites. Elles sourient, chantent, font du bruit. Et puis, lorsque tout est achevé, Khaya entre, avec un air de chef de guerre qui vient saluer ses hommes avant l'assaut. Leurs regards ne se croisent pas. Khaya l'observe comme on regarde une bête que l'on a apprêtée pour une cérémonie de sacrifice. Tout est en place. "Mettez-lui le Tadouk", dit-elle avec autorité. Les femmes s'exécutent. C'est la dernière parure avant le début de la cérémonie. On sort le Tadouk d'une boîte en nacre. C'est un diadème doté d'une longue chaîne en or qui s'accroche à la narine et porte les signes sacrés de la virginité. Lorsqu'elle en est parée, toutes les filles poussent un cri de célébration. "Où est Mamambala ?" a-t-elle envie de demander, mais elle n'a pas le temps de poser sa question, déjà, on l'emmène. La chaise à porteurs l'attend. Elle y entre seule. Une fois dedans, l'habitacle est si petit qu'elle doit se tenir les genoux serrés. Elle épie le dehors à travers les rideaux de soie brodée rouge et or. Il fait chaud. Elle aperçoit parfois des corps. Elle entend la rumeur. La chaise avance, sur un rythme étrangement chaloupé. C'est comme si elle flottait sur une foule, glissant sur les épaules, les têtes, les dos de tous ces hommes. Où l'emmènent-ils ? Elle voudrait que la route soit longue, infiniment longue. Qu'il faille la porter jusqu'au mont Tadma et bien au-delà. Tant qu'elle est dans cette chaise, elle n'est pas mariée. Et tant pis s'il y fait chaud, si les bracelets la serrent… Tant pis si elle est prisonnière d'or et de tissus, elle n'est pas mariée. Elle serre les dents pour ne pas hurler. Elle sait que cela ne servirait à rien. Et puis enfin, la chaise à porteurs se fige. Les quatre hommes qui la tiennent la déposent au sol. Une main pousse le voile d'un geste brusque. Elle la reconnaît. C'est la main de Khaya. À partir de cet instant, tout va très vite. Lorsqu'elle sort, ses jambes lui font mal d'avoir été si longtemps recroquevillées. Les bracelets qu'elle porte aux chevilles s'entrechoquent à chaque pas qu'elle fait. Elle a à peine le temps de voir la foule tout autour d'elle. Le village entier est là. Il y a des visages qu'elle ne connaît pas, des hommes venus des clans alliés, ceux du Nord et de l'Ouest. Plus d'une centaine d'hommes et de femmes, serrés, autour d'elle. On la guide. La tête lui tourne. Elle vacille mais quelqu'un, à ses côtés, la rattrape. Tout a été prévu pour qu'il n'y ait aucune défaillance. Est-ce Khaya qui a demandé qu'on veille sur elle avec tant d'attention ? Elle est menée jusqu'à un cercle. Saro est là, dans les habits de guerre des Djimba. Des peintures blanches dessinent sur son torse les signes sacrés du clan. Les drapeaux ont été sortis. Il n'y a pas un souffle d'air. Elle cherche Kano des yeux. Il lui semble que c'est le seul visage, à cet instant, qui lui donnerait de la force mais elle ne le trouve pas. Sissoko Djimba prend la parole. Il parle mais elle ne fait pas attention à ce qu'il dit. Tout va très vite. Il a déjà fini. Il verse maintenant un peu d'eau rouge sur la terre et, d'un coup, tout le monde s'exclame et rugit de joie. Ça y est. Elle est mariée. Elle n'a rien vu, rien senti, rien compris. Mais tout a été fait et, déjà, Saro est complimenté comme s'il avait accompli quelque prouesse.

Tout aurait dû s'achever là, dans les congratulations bavardes des hommes qui appellent sur les mariés la clémence des dieux et la prospérité, mais c'est alors qu'arrive un des hommes du clan du Nord. Il est en sueur et interrompt les chants. Il parle vite, avec tension : une armée a été vue près des tours royales, sur les premières dunes. En une seconde, l'excitation du mariage se transforme en agitation guerrière. Les hommes saisissent leur fer Takouba et, sans même se départir de leur habit d'apparat, quittent les lieux. On la remet immédiatement dans la chaise à porteurs, comme si personne ne devait la voir puisque Saro n'est plus là. C'est alors qu'elle prie. Pour la première fois. Par tous les esprits qu'elle connaît : elle prie pour que le combat ait lieu, là-bas, dans les dunes de sable, sous le regard impassible des dieux. Que les ennemis soient nombreux et brutaux. Plus forts. Plus affamés. Et qu'ils tuent Saro. Qu'ils convergent tous vers lui et lui seul. Qu'ils sentent qu'il est le fils aîné du clan et que c'est lui qu'il faut abattre. Qu'ils le tuent, le piétinent, fassent de lui un corps méconnaissable. Elle prie, à toute force, pour être veuve. En un jour, mariée et veuve. Parce qu'il se passera alors ce qu'exige la tradition : on la donnera au frère du défunt et ce jour maudit des noces pourra devenir en quelques instants celui de son bonheur. Elle prie. Pour que tout bascule et se transforme : le malheur en joie, la vie volée en ivresse. Mais les esprits restent sourds à sa voix. À moins que Khaya n'ait prié plus fort qu'elle.

Quelques heures plus tard, les hommes reviennent. Il n'y a pas eu de bataille. Seul un éclaireur ennemi a été tué. Et c'est Saro qui l'a terrassé. Il porte encore le sang de sa victime sur son torse. Il exulte. On raconte ses exploits, les répète, les grandit : comment il a bondi sur l'homme, l'a mis à terre, comment ses coups étaient rapides et puissants, comment l'autre a essayé de fuir et comment Saro l'a rattrapé, lui a sauté dessus une seconde fois et l'a égorgé avec son fer sacré… Bel augure pour le mariage. Tous les hommes le répètent : les dieux sont avec lui qui lui ont offert un ennemi à immoler. Il sourit, regarde Salina que l'on a ressortie de sa chaise à porteurs.

Quelque chose a changé dans ses yeux : il la fixe maintenant avec appétit. Elle serre les poings. Maudits soient les dieux qui n'exaucent aucun de ses désirs et se plient à la volonté des Djimba. Elle sait qu'il est temps, que plus rien ne peut empêcher ce qui va venir. Il n'y aura pas de guerre aujourd'hui. Peut-être demain, mais ce sera trop tard. Saro s'approche, la saisit par le bras et l'emmène. Tous les hommes saluent ce geste avec une sorte de joie brutale comme s'ils rêvaient de faire la même chose… Elle serre les mâchoires pour que ce qui vient ne l'entame pas.

Malaka s'arrête, laisse un temps l'air doux du soir passer sur son visage. Personne autour de lui ne bouge. Aucun bruit ne vient interrompre ce silence. Il a besoin de respirer plus profondément. Il sait ce qui vient, il sait ce qu'il va devoir raconter. Il faudra parler du corps de sa mère qui n'était qu'une enfant, de ce corps qui avait commencé à saigner comme une fille, et qui pouvait être fécondé comme une femme. Il faudra parler de sa mère avec sensualité, du désir qu'elle faisait naître, du désir qu'elle avait en elle et sur lequel tous ont craché. Il va le faire. Il n'a pas peur. Il doit juste prendre son temps. Le récit le protège. Quand il est plongé dans les mots, il n'y a plus de pudeur, plus de politesse ni d'égards. Il doit dire, simplement. Édulcorer serait mentir. Atténuer la violence, ne pas raconter les corps qui saignent, les corps qui sécrètent des flux ennemis, ne pas raconter les muscles qui étouffent l'autre, le contraignent, le tordent pour jouir, serait mentir. Il doit parler, parce que c'est à ces détails-là que s'est nourrie pendant des années la colère de Salina. C'est en racontant ce corps meurtri, ce corps dans son obscénité crue, qu'il dira le mieux l'affront dont elle n'a jamais guéri et auquel elle revenait sans cesse. Alors il reprend la parole, et sa voix porte quelque chose de fêlé. "Moi, Malaka, fils d'une femme restée longtemps à genoux, je dois raconter ces instants où le corps de ma mère et celui de Saro sont l'un contre l'autre, l'un dans l'autre, où l'un pèse sur l'autre et le blesse et l'écrase, ces instants où un homme prend la femme qu'il a sous lui avec voracité, pour le simple plaisir non pas de posséder – car Saro a toujours su qu'il ne la posséderait jamais – mais d'endommager. Ces instants où, à défaut de consentir, le corps de Salina doit payer, porter la marque des coups, et se soumettre."

Il n'y a ni plaisir ni douleur. Elle essaie de ne plus être dans son corps. Elle regarde les tissus de sa robe qu'il a déchirés, éparpillés autour d'elle. Ses colliers lui font mal. Le torse de Saro pèse sur elle et les ornements d'or lui rentrent dans les chairs. Elle ne crie pas, ne dit rien. Elle peut bien saigner, peu importe… Chaque coup de reins qu'il donne la tue un peu, en son esprit. Elle le sent, là, suant, grognant, tendu en elle. Elle essaie d'être le plus inconfortable possible, anguleuse et sèche. Il la prend parfois, d'un geste brusque, pour lui remettre le bassin dans l'axe, ou écarter sa cuisse. Elle ne marque aucune opposition. Elle sait qu'il n'y aurait que des coups en retour. Il va et vient, souffle et respire de plus en plus fort. Sa sueur lui coule dessus et son odeur lui donne envie de vomir. Un peu du sang de l'éclaireur ennemi recouvre maintenant ses seins et cela a l'air d'exciter Saro puisqu'il les lèche à pleine bouche. Elle repense aux hyènes de sa naissance. Elle voudrait les appeler, qu'elles entrent dans la hutte, se pressent autour de la couche et dévorent Saro… Mais personne ne vient et il poursuit, cherchant le plaisir sur ce corps qui ne veut pas de lui, jouissant de la tension des muscles de Salina, de sa réticence sourde. Il lui tord le bras, l'écrase. Elle essaie de s'oublier. Elle ne sait pas qu'un peu plus loin, dans la rivière, Mamambala meurt. La vieille femme vient de rentrer dans les eaux, lentement, presque précautionneusement. C'est le jour qu'elle a choisi pour rejoindre le monde des pierres, des torrents et du souffle des choses. Mamambala laisse les tissus de sa robe flotter un temps à la surface de l'eau, puis s'alourdir et sombrer dans le courant, et elle fait de même, entrant tout entière dans les eaux tandis que sa fille serre les poings jusqu'à s'en faire saigner les paumes. Saro s'agite, la contraint, la serre, l'asphyxie et elle ne sait pas que Mamambala s'est glissée au fond du torrent, yeux grands ouverts, parce que le monde pour elle s'est achevé au moment où Salina lui a été enlevée. La respiration de Saro prend toute la place. Il râle presque, envahit tout de sa présence, tandis que Mamambala demande à son souffle de s'arrêter. Elle est sous les eaux, à jamais esprit de torrent. Et lorsqu'enfin Saro jouit, lorsqu'il reprend son souffle et s'essuie du sang qui lui souille le torse, plus rien ne peut plus être comme avant. Désormais, Salina le sait : son nom est celui d'une douleur.

Il n'y a pas de cérémonie – ou à peine. La hutte de Mamambala est brûlée avec tout ce qu'elle contient, comme c'est l'usage. Ce que les hommes veulent transmettre doit être donné de leur vivant. Ce qu'ils possèdent le jour de leur mort est brûlé pour qu'ils l'emportent avec eux. Salina regarde brûler la hutte qui se tord dans les flammes puis s'effondre dans un nuage de poussière chaude et de lucioles. Elle repense à ces heures passées dans la couche de Mamambala, à toutes les poupées de chiffon qu'elle lui avait confectionnées. Les hommes autour d'elle jouent du tambour et chantent. Si le défunt avait été un homme, ce sont les femmes qui auraient chanté. Ils attendront ensuite trois fois sept jours : sept jours pour que les cendres refroidissent, sept jours pour que les esprits s'en aillent, sept jours pour que le vent efface les pleurs, puis ils reconstruiront une case sur le même emplacement et Mamambala, alors, sera vraiment devenue un esprit. Mais elle ne peut pas attendre, elle. Elle sait que Mamambala est déjà dans la rivière. Alors c'est là qu'elle va : elle plonge doucement dans les eaux pour se laver, pour retrouver la chaleur de sa mère, sa voix, sa douceur. Elle plonge pour être encore avec elle et lui parler. "Je ne suis plus ta fille, Mamambala, murmure-t-elle à la surface de l'eau, ta voix ne m'entoure plus, ne m'appelle plus. Je ne sens plus ton odeur autour de moi. Je ne suis plus ta fille, et pour mon malheur, je serai bientôt mère à mon tour." Et la vieille répond dans le tréfonds du torrent, au milieu des galets polis par les eaux : "Je n'ai jamais été ta mère, Salina." Sa voix est douce. "Les mères savent, pressentent, tandis que tout le temps où je t'ai gardée, où j'ai veillé sur toi, où j'ai essayé de te faire grandir, je t'ai regardée avec une sorte de surprise mêlée de crainte. Je ne suis pas ta mère, Salina, car je n'ai jamais su ce qui sortirait de toi, mais je t'ai aimée. Va. Je t'ai aimée et cela est plus fort que le sang."

La voix se tait et Salina reste dans l'eau, longtemps encore, pour ne pas revenir au monde, pour ne pas retrouver les hommes qu'elle hait, pour ne pas revenir à la hutte qui finit de brûler, à son ventre qui ne va plus cesser de s'arrondir. Pour ne pas revenir à ce qui sortira d'elle un jour. Elle sait bien ce que c'est, ce qui a toujours été tapi au fond d'elle, depuis le temps où elle était nouveau-née : des hurlements et rien d'autre.

Malaka se tait. Il prend le temps de penser à la jeune femme qu'il raconte. Il se rend compte que lui ne l'a jamais entendue hurler. D'aussi loin qu'il se souvienne, Salina était silencieuse. Elle parlait peu, le regardait souvent pendant de longues minutes tandis qu'il mangeait ou était sur le point de s'endormir. Non pas comme une mère qui couve des yeux son enfant, mais comme une femme surprise de constater que cet enfant est le sien, surprise et reconnaissante. Il a toujours senti cela en elle : une incrédulité silencieuse. Les cris, c'est comme si elle les avait étouffés parce qu'ils appartenaient à la vie d'avant. Elle n'avait plus le droit de crier, plus le droit d'enrager, elle avait ce fils. Il a toujours senti qu'il était sa réconciliation avec le monde. Au fond, il se rend compte qu'il ne la connaît pas. Elle est loin, l'autre Salina, celle des cris et des bannissements. Elle appartient à un autre monde. Quelque chose a commencé avec sa naissance à lui qui a propulsé ce monde dans un pays lointain de déserts et de vieux récits. Il parle d'une femme dont il ne peut rien savoir, une femme qui lui ferait peur s'il l'avait devant lui. À cet instant, l'émotion le saisit : il comprend que durant sa vie de mère, elle a tout fait pour lui épargner les cris. Elle les a tordus en elle, les a fait taire, les a ravalés au fond de sa gorge pour ne pas les lui transmettre. Elle a lutté pour que son fils, jamais, ne sache ce que c'est que de les avoir pour seuls compagnons. Alors il salue en son esprit cette Salina qu'il raconte, la femme enragée, violente, et la remercie de s'être effacée pour le laisser grandir.

VI

LE FILS COLÈRE

Le premier enfant est le fruit du viol et il ne connaît que les cris. Un petit bout de chair qui dépend d'elle pour vivre, s'agite, s'époumone jusqu'à devenir rouge… On le pose à côté d'elle, pensant qu'elle le réchauffera, mais elle le regarde sans bouger. Toute sa force de vie, il la met dans ses pleurs. Elle semble ne pas les entendre. Est-il possible qu'elle se souvienne des cris qu'elle poussait, elle, sur les routes de son exil, lorsque le cavalier la portait ? Est-il possible qu'elle se sente chez elle entourée de ces pleurs ? Saro l'a appelé "Mumuyé" et tout le clan a fêté cette naissance avec joie. La lignée est sauve. Le sang se perpétue. Elle ne s'est opposée à rien, n'a consenti à rien. Lorsqu'on lui a mis l'enfant dans les bras, elle ne l'a même pas regardé. Elle a attendu un peu, puis l'a déposé dans une couverture à ses côtés. Lorsqu'il doit la téter, elle le prend, dégrafe son vêtement, lui donne le sein et tourne la tête. Elle ne veut pas le voir, ne veut pas s'attendrir, ne veut rien enregistrer de cette enfance. Il est le fils des coups en elle, de la violence et c'est tout. Il est le sang haï de Saro et l'image de sa propre soumission. Elle le nourrit parce qu'elle sait que, si elle ne le faisait pas, elle serait frappée, mais qu'il crie, cela ne la dérange pas. Elle pense à Kano qu'elle ne voit plus que très rarement, lorsque tout le clan est réuni pour un repas ou une veillée, et alors, elle le regarde, sans un mot, contemplant sa beauté, les yeux pleins de désir, souriant parfois pour qu'il sache qu'elle est à lui malgré tout et que rien d'autre n'existe en elle. Mais souvent, il baisse les yeux. Alors elle enrage et son visage se durcit. Pourquoi n'a-t-il rien dit ? Pourquoi ne s'est-il opposé ni à son frère ni à sa mère ? Il a entendu les coups de reins de la nuit de noces – tout le monde les a entendus – et il n'a rien fait. Il a pleuré peut-être ou s'est enfoui la tête dans les coussins, mais c'est pire encore… Au fond, le petit Mumuyé est aussi le fils de sa lâcheté à lui et c'est une raison de plus pour le laisser crier. Les pleurs de Mumuyé l'accompagnent sans cesse. Et Saro déambule, hors de lui, grimaçant, excédé par les pleurs de l'enfant, excédé par l'affront qui lui est fait. Il ordonne à Salina de le faire taire. "Donne-lui ce qu'il veut. Ton lait. Tes bras. Donne-lui ton temps, ton corps, dit-il, le visage rouge de colère. Si ce fils pleure, imagine que c'est moi qui pleure. S'il a faim, c'est moi qui ai faim. Redoute alors ce que je ferai si je ne suis pas satisfait. Tu veux le faire de mauvaise grâce ? Tu veux être lente, le faire attendre ? Soit. Cela me va. Il sentira alors dans sa petitesse que tu ne veux pas de lui, que tu n'as rien d'une mère mais que quelque chose te contraint, quelque chose de plus grand que toi, de plus fort à quoi tu te soumets, quelque chose qui le protège et veille sur lui malgré ta négligence, et il comprendra que cette force, c'est son père." Elle sourit à ces mots, prend l'enfant avec lenteur et répond avec une moue de défi. "Je le prends, regarde. Je le nourris, oui. Mais il n'aura rien de moi. Rien de ce qu'une mère donne. Jamais je ne prononcerai le nom que tu lui as choisi. Jamais je ne m'adresse à lui. Qu'il sente que je plie face à toi, cela me va. Il comprendra alors qu'il a une mère par obéissance et en restera troué à jamais."

Et Saro alors sort, débordant de rage, tandis que pour quelques instants, les pleurs de l'enfant cessent.

Malaka s'interrompt comme s'il voulait que les cris du petit Mumuyé résonnent dans la nuit. Darzagar le regarde avec un air nouveau. Il est pris par son récit, Malaka le voit. Alors, le jeune homme poursuit. "Moi, Malaka, fils de la femme qui haïssait son enfant, je ne peux pas raconter la longue chaîne des jours qui passent avec lenteur et pourtant il faudrait. Je ne peux pas trouver un mot pour chaque instant du quotidien qui est une menace, une humiliation, une violence, et pourtant il faudrait, pour dire la torture de se sentir mourir lentement, enfermée dans une vie qui vous a été imposée. Pour dire la violence d'un mot, d'un coup. La présence de Saro n'est que brutalité. Il faudrait dire tout : l'usure, la colère et la tristesse de chaque jour. Il faudrait, sans quoi on ne peut pas comprendre la haine qui s'accumule. Il y a une jeunesse arrachée et un corps violenté. Il y a un visage que l'on humilie, sans cesse. Il faudrait trouver des mots pour cela : le sentiment que la vie ne sera plus que résignation et que cela sera long, infiniment long, jusqu'au tombeau…"

La guerre revient. Elle tournait comme une mouche, allant, venant, menaçant. Le royaume du Sud a un nouvel appétit et veut soumettre les villes du désert. Peut-être veut-il mettre la main sur les grands caravansérails et contrôler le commerce des épices ? Peut-être le roi Sal'Elmaya a-t-il juste pris en grippe les Djimba et s'est-il juré de les réduire à rien ? Les années passent et les escarmouches sont de plus en plus nombreuses. Et puis, le jour où Mumuyé a treize ans, la première grande bataille se prépare. Sal'Elmaya marche sur les terres Djimba. Mumuyé est presque en âge d'aller se battre. Saro le voudrait – pour que son fils devienne au plus vite un homme accompli – mais Khaya s'y oppose. Elle dit d'une voix sèche à son fils aîné d'aller seul sur le champ de bataille. Il n'insiste pas, trop occupé par les préparatifs. Il ne quitte plus son fer Takouba et se dessine, chaque matin, les insignes de la mort sur le visage, couleurs rouge et blanche pour effrayer ses ennemis avant de les tuer. La guerre revient et elle prend possession de tout. Jusqu'à ce jour où la bataille est annoncée. Les ennemis sont tout proches. Une agitation nerveuse court d'une hutte à l'autre. Le vieux Sissoko réunit tout le monde. Il annonce que c'est le jour de l'assaut et que cette fois ce sont ses fils, Kano et Saro, qui emmèneront les hommes à la guerre. Tout est prêt et les hommes courent déjà – comme si rien n'était plus beau que la mort à venir.

Elle est au milieu du village, immobile et tendue. Le camp s'est vidé de tous les guerriers. Cela fait de longues minutes qu'ils sont partis et il ne fait plus de doute qu'ils doivent déjà être arrivés sur les lieux de l'affrontement. Elle essaie d'imaginer les premiers chocs entre les Djimba et les guerriers de Sal'Elmaya. Elle se demande à chaque instant si Saro est entré dans la mêlée, si – à la seconde où elle respire – il frappe ou est frappé... C'est un jour de sang, elle le sent. Depuis toujours elle a été capable de sentir cela, une excitation des sens, un tambourinement dans les veines qui lui donne envie de mordre, de danser, de crier. C'est un jour de sang et peut-être qu'aujourd'hui Saro périra... Elle essaie d'imaginer les ennemis qui l'entourent, les coups d'abord parés, puis, avec la fatigue, les premières blessures, la garde qui baisse, le souffle plus difficile à trouver, les gestes moins précis, et les assauts moins forts. Elle essaie d'imaginer : un ennemi qu'elle ne connaîtra jamais mais qu'elle bénit, s'approche et d'un geste de brute décapite Saro ou lui enfonce son fer dans le ventre jusqu'à la garde. Elle voudrait que ce soit vrai. C'est un jour de sang, elle le sent, alors elle s'inquiète, se demande si ce n'est pas Kano qui est en train de périr. Cette idée la torture, l'image de Kano à genoux dans la poussière... Elle n'y tient plus, elle doit voir, savoir, alors elle fait fi de la règle ancestrale qui veut que les femmes attendent les guerriers au village et elle court vers le champ de bataille.

Elle court, et les mètres n'ont plus d'importance, ni la chaleur non plus. Si aujourd'hui est le jour de sa libération, elle peut courir jusqu'aux confins du désert. Bientôt la colline des pierres est devant elle. Elle sait que le champ de bataille est de l'autre côté, elle le sent à l'odeur. Les oiseaux ont déjà commencé à tourner. Elle monte comme elle peut, s'aidant des mains, agrippant les pierres, elle monte et, une fois arrivée sur la crête, elle voit le grand mouroir de la guerre : une succession laide de corps cassés, gémissant. Ceux qui partaient quelques heures plus tôt avec des sourires fiers, ceux qui promettaient la peine à leurs ennemis sont là, défigurés, déjà froids, surpris d'être celui qui gît plutôt que celui qui triomphe. La bataille est achevée. Il est bien impossible de dire qui a gagné et qui a perdu. Les guerriers ont quitté le champ de bataille. Il ne reste que les agonisants. Elle enjambe les corps. "Faites qu'il soit là", se répète-t-elle à voix basse. Elle observe les visages, prend le temps de retourner un cadavre parfois, plus rien ne lui fait peur, "Faites qu'il soit là", et soudain elle se fige. À une dizaine de mètres devant elle, sur le dos, la tête vers la pente, elle le reconnaît tout de suite : le corps de Saro. D'abord, elle n'ose plus bouger, n'en croit pas ses yeux, puis elle s'approche, timidement, redoutant de découvrir qu'elle s'est trompée, mais plus elle approche et plus elle reconnaît les détails de sa cuirasse, de ses molletières, jusqu'à apercevoir maintenant le visage. Bouche ouverte, râlant, les yeux grands ouverts sur les oiseaux qui tournent, une plaie béante au ventre, c'est lui : Saro. Aujourd'hui est un jour de sang. Elle s'approche encore, tout près, jusqu'à ce qu'il puisse la voir. Elle ne se penche pas sur lui, elle reste droite. L'ombre portée le fait soudain cligner des yeux. Il tourne légèrement la tête. "Tu me vois, Saro ? demande-t-elle avec avidité. Regarde. Je ne bouge pas." Elle reste bien droite. "Je souris. Il me suffit de ne rien faire pour que tu meures. Regarde, Saro, je te laisse à ce que tu as toujours préféré : la guerre, le sang et les coups. Tu me vois ? Oui, je sais que tu me vois, une grimace est passée sur ton visage. Je vais te survivre, Saro, je vais m'éloigner de ta brutalité. Ta volonté n'aura plus d'effet sur ma vie. Tu meurs, Saro, et le dernier visage que tu verras sera le mien mais tu le reconnais à peine parce qu'il est libéré de ce que tu fus." Et Saro ne bouge pas, ne dit rien, n'a probablement plus la force de prononcer ne serait-ce qu'un mot ou n'a peut-être pas compris ce qu'elle disait, n'entendant que le ton de sa voix, dents serrées, victoire de rage rentrée, alors il finit par faire ce que les oiseaux attendent, ce que Salina et le monde entier attendent : il se raidit et meurt. Elle reste, un temps, immobile, attentive, comme si elle voulait vérifier qu'il ne revenait pas à lui. Elle attend, se remplit de ce silence nouveau puis d'un coup se détourne et se met à courir – comme elle ne l'a pas fait depuis qu'elle était enfant – courir à en perdre haleine. Elle quitte le champ de bataille et le corps de Saro, elle quitte les oiseaux qui ont raccourci l'amplitude de leur vol parce qu'ils ont ciblé les corps sur lesquels ils ont décidé de fondre. Elle va droit au village et plus rien ne l'effraie. Saro est mort et les règles ancestrales vont lui offrir la vie qu'elle espérait.

Arrivée au village, elle se plante devant la grande hutte des Djimba et entonne le chant du deuil. "Aya, aya, mon époux est mort… Aya, aya, sa vigueur est restée sur le champ de bataille…" Elle chante avec ardeur et tous, déjà, ont commencé à sortir. La nouvelle se répand : Saro est mort… ? Les femmes posent la question à voix basse aux guerriers qui étaient sur place. Certains confirment qu'ils l'ont bien vu tomber, "Aya, aya, pleurez : les guerriers tombés aujourd'hui ne verront pas le jour nouveau se lever", la foule devient plus grande autour d'elle. Saro est mort et les visages blêmissent. Elle continue. Elle n'a plus peur de rien, elle chante, "Aya, aya, ajoutez le nom de mon époux à la liste des Glorieux car il n'est plus", et enfin la vieille Khaya apparaît. Elle a revêtu une robe de deuil. Elle ne pose aucune question, ne met en doute aucune des paroles de Salina. Peut-être connaît-elle déjà la nouvelle, ou peut-être a-t-elle senti la mort dans son ventre à l'instant où Saro était frappé ? Elle se tient droite devant Salina. Les hommes approchent aussi, les guerriers revenus du combat, les blessés. Kano est là, aux côtés de son père. Salina n'attendait que cela : que tout le village soit là. C'est l'heure d'effacer les souffrances, d'écarter le malheur qui n'a pas cessé de tourner autour de sa vie, "Aya, aya", elle ne prend pas le temps de demander qu'on lui apporte le corps de son époux, elle ne veut pas faire semblant de le pleurer. Elle ne s'agenouillera pas dans la poussière en se lamentant, en dodelinant de la tête et en plongeant les mains dans la plaie pour se couvrir le visage du sang de celui qui n'est plus et sentir une dernière fois sa chaleur, elle ne fera rien de ce que font les veuves, et Khaya le sait. Salina est face à elle et ce n'est pas pour pleurer, c'est pour lui porter un coup définitif, la gifler devant tout le monde, laver l'affront du mariage, l'affront de la naissance de Mumuyé et de chaque blessure qu'elle a reçue, alors elle chante encore, "Aya, aya", elle sait qu'elle est protégée par les règles ancestrales du village auxquelles même Khaya Djimba doit se plier, "Par la mort de mon époux, je reste sans homme et le fils qui m'est né de Saro reste sans père. Cela, les dieux de notre village ne le veulent pas". Elle se tourne vers Khaya, la fixe droit dans les yeux, "Khaya, par la mort de Saro, je te demande ton autre fils pour époux. Que je devienne femme de Kano puisque je dois rester une Djimba". Et la vieille femme ne bouge pas, prend les paroles de Salina comme une gifle mais sait qu'elle ne peut s'y opposer. Kano ouvre grand la bouche, ne sachant s'il doit pleurer son frère ou encourager Salina. Tout le village écoute, suspendu. "Aya, aya, Khaya, par les règles ancestrales, tu ne peux pas refuser : je dois être la femme de Kano." Salina se tient face au clan, le visage relevé, les yeux plantés dans ceux de cette femme qui n'a été que haine. La vie va changer, enfin. Ce qui lui a été arraché lui sera rendu. Les jeux infinis avec Kano, la douceur d'une main qui caresse, des enfants à venir qui auront un nom et seront un chemin d'émerveillement. Si Kano le lui demande, elle pourra même essayer d'aimer Mumuyé, elle y mettra tout son cœur et redoublera d'efforts. Elle ne quitte plus des yeux la vieille femme. Cette victoire, elle l'a si souvent espérée. Elle ne voit pas que les visages autour d'elle se sont tournés vers la route extérieure. Elle ne sent pas ce murmure qui court dans la foule. Elle pense que tout est gagné. Et ce n'est que lorsque cette voix retentit qu'elle se retourne et aperçoit un homme étrange, habillé de guenilles, qui s'est penché avec déférence devant Sissoko pour le saluer et sourit maintenant avec un air gêné.

"Sissoko Djimba, fils de Moussouké Djimba, rejeton de la lignée des tueurs de panthères, écoute-moi. C'est Oulgo le fou qui te parle", dit-il, et Salina sent que le malheur est là, à nouveau, "Je suis ermite et je vis aux abords du village, tout le monde te le dira.

Je parle aux cailloux. Certaines nuits, je pousse de grands cris pour faire danser les étoiles". Oulgo parle et tous l'écoutent. Ils le connaissent. Certains d'entre eux lui font la charité en lui donnant les restes de leur repas les jours d'abondance. Les femmes laissent parfois des habits à son intention dans les collines et il s'en empare comme une bête sauvage qui fond sur un gibier, mais la plupart du temps, il va moitié nu, moitié hirsute, se nourrit d'insectes et parle à son propre corps comme s'il s'agissait d'une foule. C'est ce qu'il fait tandis que tous l'entourent et attendent de voir ce qu'il est venu dire, il exhorte sa bouche à poursuivre. "Parle, bouche… Parle, puisque tu connais les mots, dit-il, demande aux yeux ce qu'ils ont vu et raconte…" Et alors, il continue. "Sissoko, tu me connais, je me tiens éloigné de vous car je n'ai pas même odeur que les hommes. Vos vies font trop de bruit pour moi. Je suis fouilleur de désert, lécheur de pierres. Les fourmis me nourrissent et je ne demande rien. Mais quand les hommes font la guerre et se tuent, je fais bombance. Tant de corps, tant d'affaires, de besaces, de provisions. Je lèche ce qui coule, récupère ce qui reste. Les morts ne sont pas avares. Je fais comme font les oiseaux qui planent avec patience sur vos massacres. Et aujourd'hui encore, grand champ de bataille, bombance de corps. Je marche. De l'un à l'autre. J'attends que tout s'achève. Je deviens riche de ce que les morts laissent. Je prends, je porte, je vérifie ce qu'il y a dans les sacs. Mais j'attends toujours que les morts soient morts, sinon c'est voler. Qu'on me coupe les deux mains si j'ai jamais pris à un vivant…"

Les hommes et les femmes du village commencent à se demander où veut en venir l'ermite. Salina serre les poings. Quelque chose approche, elle le sent, qui est une menace. Et le sourire qui naît sur le visage de Khaya la rend plus inquiète encore.

"J'étais là où ça tuait aujourd'hui. Après la charge, c'était l'heure de l'agonie. Je suis passé d'un corps à l'autre. J'ai vu ton fils, Saro, à terre. J'étais tout près mais je n'ai rien pris. Il vivait encore, je le jure, et je ne vole pas, moi – tu l'as déjà dit, bouche –, j'attends que les morts donnent d'eux-mêmes. Saro respirait, clignait des yeux, je l'ai vu. Je me suis éloigné. Elle, après, je l'ai vue aussi", et il montre Salina du bout du doigt, "Elle – montre-la bien, doigt ! –, elle s'est approchée, je le jure, alors qu'il vivait encore. Elle lui a parlé, je ne sais pas quels mots car j'étais trop loin, mais j'ai vu : elle ne s'est pas penchée, n'a pas secouru, rien. Elle, son mari sous ses yeux, à l'agonie, et il aurait été possible encore peut-être de le traîner, de le sauver, encore, sûrement, mais elle est restée droite, et a laissé couler le sang sans tenter de panser la plaie, je le dis, elle, je le jure, épouse qui n'a rien fait. Et voilà ce que je suis venu dire, moi, Oulgo, avant de retourner à mes pierres."

Tout le monde se tourne vers Salina, d'un coup. Elle ne faiblit pas. Elle sait que tout est en train de s'envoler : ses espoirs de vie douce, les mains de Kano, ses enfants à naître d'une couche joyeuse. Tout s'envole et il faut encore boire la coupe jusqu'à la lie, il faut encore voir le visage de Khaya s'illuminer d'une lueur sauvage et écouter ses mots de lionne lorsqu'elle explose. "Toi, maudite… ! Tu pensais venir ici et obtenir mon second fils ? Tu pensais m'humilier, cracher sur mon nom et danser sur le corps encore chaud de Saro… ?" Il faut encore voir le geste de Sissoko qui lève le bras pour que tous se taisent et qui parle avec une froideur offensée : “Moi, Sissoko Djimba, père offensé, je te le dis : je devrais te tuer de mes propres mains, Salina, pour venger Saro. Je devrais veiller à ce qu’aucune pierre ne recouvre ta dépouille puisque tu n’as apporté à ce village que la désolation, mais je ne peux pas le faire. Des dieux sauvages dont nous ne savons rien te protègent. Des dieux qui n’attendent peut-être de nous qu’un geste de sang pour fondre sur notre village et nous terrasser. Tu viens de si loin que personne ne sait. Seuls les pleurs sont certains avec toi, Salina. Je ne te tuerai pas mais je te bannis. Que le désert fasse de toi ce qu’il voudra. Pour toi, la solitude et l’errance. Nous gardons Mumuyé que nous élèverons dans le souvenir de son père. Nous gardons Mumuyé qui n’a jamais été ton fils.”

Il faut encore écouter ces paroles et voir le visage de Kano qui ne dit rien, baisse les yeux, n’essaie pas de retourner le sort, de convaincre le clan que Salina n’a pas tué Saro, que c’est la guerre qui l’a terrassé. Il faut encore voir le dégoût poindre dans les yeux de tous. Il faut encore subir le crachat des femmes, une fois que Sissoko a prononcé le bannissement, et les guerriers qui s’approchent d’elle avec des airs de brutes, lui signifiant qu’ils l’escorteront jusqu’à sa hutte, lui laisseront le temps de prendre quelques affaires puis la forceront à partir, la suivant jusqu’à ce qu’elle sorte des terres Djimba. Il faut encore tout cela pour qu’elle sente que sa vie entière vient de lui être dérobée.

Alors seulement, une fois seule, une fois au-delà des terres qu’elle connaît, lorsque les guerriers lui ont tourné le dos et sont repartis de leur pas lourd vers le village, alors seulement, elle peut crier. Mais elle ne le fait pas en ouvrant la bouche. Elle sent que sa colère ne peut sortir d'entre ses mâchoires. C'est plus grand, plus démesuré. Elle marche, pendant des jours et des nuits, laissant ce cri monter en elle. Elle ne se nourrit plus, ou que d'herbes volées au soleil. Elle boit seulement, en soulevant les pierres qui cachent des torrents minuscules. Elle lèche les cailloux pour en récupérer l'infime part de rosée et elle grossit, ne cesse de grossir. Quelque chose prend vie dans ces jours de solitude. Elle va et vient et son ventre grossit encore. Il ne lui faut pas neuf mois pour accoucher de ce qu'elle porte, mais neuf jours. Et au terme du neuvième jour d'exil, elle s'assoit à la renverse sur une dune de sable, et ce qui croissait en elle peut enfin sortir. Elle crie, comme une femme qui accouche, les jambes ouvertes, dégoulinante de sueur. Elle pousse de toutes ses forces et donne vie à son enfant colère. Neuf jours de grossesse pour que naisse Koura Kumba. Il ne sort pas comme était sorti Mumuyé, petit comme un chiot, rougi de l'effort de vivre, il sort comme un homme déjà. Koura Kumba, accompli, qu'elle expulse sur cette dune, la neuvième nuit de son second exil. Elle a un fils désormais, rien qu'à elle, un fils plus grand et plus fort qu'aucun des guerriers du village. Elle l'accueille, le chérit, l'embrasse. Elle a un fils qui sera le bras armé de sa vengeance.

VII

LE COMBAT DES FRÈRES

Malaka se tait. Cela fait plusieurs heures qu'il parle et les premières lueurs du jour apparaissent à l'horizon. Il y a de nombreuses barques maintenant autour d'eux. Toutes ne se sont pas attachées comme les deux premières. Certaines suivent, d'autres les escortent sur le côté. Il regarde cette petite flotte de pêcheurs et de marchands, aux voiles bigarrées, et semble douter de ce qu'il doit faire. Le vieux Darzagar voit son hésitation et lui dit :

"L'histoire du défunt ne doit être racontée que la nuit. Les esprits disparaissent le jour pour laisser vivre la ville. Tu peux te reposer. Restaure-toi, si tu veux."

Il n'y avait pas fait attention mais une agitation nouvelle secoue les embarcations. Partout, les femmes s'affairent, se passent des bols de main en main. Les barques se sont regroupées et se touchent toutes maintenant. Des sacs sont échangés de l'une à l'autre. Il a l'impression que la ville entière est là, sur les flots, que la ville entière est venue pour écouter son histoire, faisant une pause dans sa vie de ville. La femme du pêcheur lui présente trois bols de couleurs différentes. Dans l'un, une soupe froide de volaille. Dans un autre, du riz, et dans le dernier, un fruit qu'il ne connaît pas mais que la femme a pris soin d'éplucher. Il remercie et mange.

Le sommeil tombe vite sur Malaka. Une toile de lin épaisse a été tirée entre le mât et le fond de la barque pour faire un peu d'ombre et il s'assoupit. Il essaie un temps de rester éveillé pour contempler la rive des îles qui s'approchent mais il n'y parvient pas. Et dans ces instants où le sommeil commence à l'engourdir, il entend l'agitation qui l'entoure : ceux qui n'ont pas entendu l'histoire de Salina, ceux qui étaient trop loin pour percevoir les mots qu'il prononçait, se sont approchés et se font répéter ce qui a été dit durant la nuit. Les pêcheurs répètent tout, avec des voix appliquées, essayant de restituer les moindres détails, se faisant corriger parfois par d'autres, plus vigilants, qui tiennent à préciser un épisode. Et il s'endort, ainsi, entouré de cent voix murmurées qui répètent et diffusent l'histoire de celle qu'il emmène au cimetière.

Lorsqu'il se réveille quelques heures plus tard, la barque est bercée par le roulis des vagues. Le soleil a disparu et la lumière du jour décline à vue d'œil. Toute la flotte est à l'arrêt et attend visiblement qu'il poursuive son histoire. Alors il parle à nouveau et c'est la deuxième nuit des mots :

"Moi, Malaka, fils d'une mère qui a fait naître seule son enfant, je reprends l'histoire de Salina que j'ai laissée dans le sable, car c'est dans le sable, toujours, qu'elle a vécu. Koura Kumba était né et il avait faim de combat. Elle ne l'avait mis au monde que pour cela. J'évoque ce frère que je n'ai pas connu mais qu'elle m'a raconté tant de fois, et ses yeux pleuraient toujours de fierté et de tristesse lorsqu'elle le faisait. Je dis « frère » sans savoir si Koura Kumba l'était véritablement. Car nous n'avions pas même mère. La femme qui lui a donné naissance était accrochée à son désir de mordre. Elle voulait faire saigner les dunes. Il est né pour cela. Pour que la vengeance commence et que les Djimba soient châtiés."

Koura Kumba est plus grand que la majorité des hommes. Le regard noir, le visage emmitouflé dans des parures qui le protègent des tempêtes de sable, torse nu, il semble né pour défier le soleil. Salina lui a huilé elle-même le corps, lui a fabriqué un fer Takouba avec les pierres du désert. Elle a limé pendant des heures cette arme, à s'en faire saigner les doigts, pour qu'elle soit le plus tranchante possible. Lorsque tout est prêt, il lui baise les mains et quitte la dune de sa naissance. S'ouvre alors la longue course dans le désert qui n'est faite que de défi, d'assaut et de sang. Il tombe sur les caravanes de marchands, se met en travers de leur route, tue ou brûle tout ce qui porte les insignes des Djimba. Salina lui a appris à les reconnaître. Il met tout à feu et à sang sur les routes. Partout, il dit son nom : Koura Kumba, fils de Salina et de sa colère, pour que cela soit répété et que tous sachent qu'un être est là, étrange, qui provoque Sissoko et les siens. Ce qu'il ne sait pas, c'est que la guerre entre les Djimba et Sal'Elmaya a redoublé d'intensité. Les combats font rage pour le contrôle des comptoirs. Au début, on le prend pour un guerrier du Sud, un mercenaire plus terrifiant que les autres. Il ne veut pas être confondu avec un homme de Sal'Elmaya et c'est pourquoi il dit son nom, le répète sans cesse. "Koura Kumba" et ce nom finit par arriver jusqu'aux oreilles de Sissoko, qui devient blême. Le chef Djimba envoie trois de ses meilleurs guerriers à la recherche de cet homme qui – dit-on – est né des dunes. Ils reviennent vite, dans une carriole tirée par un âne. Tous les trois massacrés, le corps couvert de plaies. Koura Kumba ne leur a laissé aucune chance et il a mutilé leur dépouille pour que tout le monde tremble devant ce qu'il peut faire. Sissoko sent que quelque chose est là qui ne s'explique pas mais il a l'esprit occupé par les attaques de Sal'Elmaya. Cela lui semble plus urgent et il se trompe. Il ne se prépare pas à leur combat et pourtant le combat vient. C'est près de la rivière que les deux hommes se croisent. Face à face, enfin. Sissoko a vieilli. Il n'est plus le guerrier qu'il fut. Koura Kumba le dévisage lentement, sourit et le défie. Il lui dit comment il s'appelle. Il lui dit de qui il est né. Il lui dit les coups qu'il va lui porter. "À toi, la mort, Sissoko." Il lui dit que la mort ne sera pas la fin de sa souffrance, que la vengeance de Salina veut plus. Qu'il ne connaîtra pas de repos. "À toi, le tourment, Sissoko", puisque Salina est condamnée à l'exil. Il lui dit qu'après sa vie, il prendra celle de tous les guerriers de son clan, jusqu'à Mumuyé, pour que la lignée tout entière pleure dans le sang. "À toi, les pleurs, Sissoko." Il lui dit tout cela avec une voix souveraine, puis, lorsqu'il a tout dit, avant que le vieil homme n'ait le temps de réagir, il avance sur lui et, d'un geste ample, avec le fer aiguisé du désert, il le décapite. Sissoko n'a rien pu faire. Le coup était trop rapide, la main trop ferme, et sa vie s'échappe, à gros bouillons, de sa tête coupée. Mais cela ne suffit pas. Salina le lui a dit : la vengeance demande davantage. Alors Koura Kumba s'agenouille sur le corps encore chaud et, d'un geste sec, ouvre le cadavre du vieil homme comme on le fait avec un poisson et en arrache la colonne vertébrale dans des bruits sourds de profanation des chairs. Puis, il l'emporte avec lui comme s'il traînait à sa suite un long serpent de sang. Plus tard Khaya pleurera. Non pas sur la mort de Sissoko – car il fut tué en guerrier – mais sur son corps ouvert, laissé aux bêtes. Khaya pleurera sur la vengeance démembrée qui laisse Sissoko à jamais incomplet. Pas de repos pour les cadavres en morceaux. Pas de repos dans la longue éternité pour ceux qui sont amputés.

Lorsque Koura Kumba revient au campement, Salina s'occupe de l'offrande qu'il lui ramène. Elle prépare un feu et y dépose la colonne vertébrale pour qu'elle soit purifiée des chairs. Puis, elle la roule dans le sable et, délicatement, détache chaque vertèbre. Vingt-quatre vertèbres comme vingt-quatre osselets qu'elle place dans un sac en cuir. Sa victoire tient là, au creux de sa main, et fait un bruit de cailloux qui s'entrechoquent. Une fois la cérémonie achevée, elle regarde les vertèbres avec avidité et dit à son fils :

"Regarde, fils, c'est cela qu'ils vont chercher partout maintenant. Ils seront prêts à arpenter chaque parcelle de terre, à fouiller le sable des dunes pour retrouver les os de leur père. Je les cacherai un à un aux quatre coins du désert, dans des endroits connus de moi seule. Je les enfouirai dans le sable et les dunes elles-mêmes finiront par les oublier. Regarde, fils : pour que la dernière vertèbre soit à l'endroit le plus inaccessible du monde, je te la donne à toi. Tu la porteras autour du cou et nul, jamais, ne pourra s'en emparer car nul, jamais, ne pourra te terrasser. Même si les Djimba parviennent à récupérer toutes les autres, il manquera toujours celle-ci et le vieux Sissoko ira tête basse pour l'éternité, se souvenant de la morsure de Salina."

Aux funérailles de Sissoko, personne ne chante. Aucune des prières sacrées n'est prononcée, Khaya l'a interdit. Elle sait que son époux ne reposera pas en paix. Il a fallu deux jours aux femmes pour recoudre la dépouille, plaçant des herbes odorantes dans les plaies. "Enterrez-le assis sur son tabouret d'or", a-t-elle ordonné. Et les hommes se sont exécutés. Ils ont creusé profondément en terre. Puis, avec des gestes précautionneux, ils ont assis leur chef. "Il attendra ainsi, explique Khaya. Jusqu'à ce que je ramène ce qui lui a été volé." Et tandis que le vent se lève doucement, balayant l'emplacement de la tombe, elle dit à tous qu'elle part, ne sera plus reine, qu'un nouveau monde commence et que le pouvoir désormais est transmis à Kano. C'est à lui de veiller sur la destinée des Djimba, à lui de mener la guerre contre les hommes de Sal'Elmaya. Et Kano ne dit rien, acceptant la tâche en silence, donnant, dès le soir, dans sa hutte, les instructions pour mener la bataille. Depuis longtemps, il pense que le clan Djimba ne peut pas faire face seul au royaume du Sud, qu'il faut envoyer des émissaires dans tous les comptoirs amis, pour que tous les caravansérails s'allient et luttent contre la poussée des armées du Sud. Il sait que désormais, il doit s'atteler à cela, qu'il ne vivra plus que pour cette guerre. C'est à l'aune de ses victoires ou de ses échecs qu'il sera jugé. Mumuyé, lui, ne s'est pas levé pour aller rejoindre les guerriers dans la hutte de son oncle. Son destin est autre. Il y a un nom qui l'appelle au loin, un nom qui le fait grimacer. Il prend son fer Takouba et dit adieu au village. Il y a un nom que lui murmure sans cesse la tombe de son grand-père, où le vieil homme est assis, tête basse, et c'est celui de Koura Kumba.

C'est la guerre maintenant. L'armée de Sal'Elmaya avance. Les routes du désert sont en flammes. Les clans s'affrontent sans répit. Sal'Elmaya a pris quelques caravansérails et tente de couper la route centrale qui permet aux Djimba de communiquer avec leurs alliés. Kano sait qu'il ne vaincra qu'en harcelant ses ennemis. Lui et ses guerriers tombent sur les hommes de Sal'Elmaya la nuit, tuent leurs bêtes, détruisent leur réserve d'eau et disparaissent. Ils connaissent le désert. Ce qui est pour leurs envahisseurs une fournaise est pour eux un repli. Toutes les routes sont disputées. Des corps gisent au milieu de nulle part, signe d'assauts soudains, d'embuscades. La guerre est là, partout. Seul Mumuyé marche sans s'occuper des groupes armés qu'il croise. Il n'a qu'une seule obsession : retrouver son demi-frère, et tant pis si le monde brûle autour de lui… Koura Kumba finit par apprendre que son frère est sur ses talons. Les scorpions le lui disent. Les arbustes et l'eau qui coule sous la terre aussi. “Mumuyé te cherche et se rapproche..." Alors, il choisit la plus haute des collines, le mont Sékélé, il allume un feu à son sommet pour être visible d'aussi loin que possible et il attend que son ennemi vienne jusqu'à lui.

Le jour arrive où les deux frères sont face à face, tendus dans la même haine. Chacun veut sa part de sang. Ce que Koura Kumba voit en Mumuyé Djimba, c'est le visage arrogant de Saro dont Salina lui a tant parlé. Il sent l'assurance de celui qui est né d'une lignée d'héritiers. Il sent la morgue de Khaya, le mépris d'un clan tout entier, et cela le brûle. Ce que Mumuyé Djimba voit en Koura Kumba, c'est l'enfant barbare, contre nature, né d'aucun père mais du ventre d'une exilée. C'est l'ignominie de celui qui a souillé le corps du vieux Sissoko. Et comme si cela ne suffisait pas, Koura Kumba le défie, lui montre le collier qu'il porte au cou, lui explique que c'est là qu'il garde la dernière vertèbre de son grand-père. Mumuyé pourrait le dépecer à mains nues mais il sait que ce n'est pas ainsi que le combat doit se dérouler. Alors il s'assoit devant le feu, fait les libations à la terre et sort son fer Takouba. Koura Kumba fait de même. Ils sont face à face, le torse ceint de cuir, les peintures de guerre dessinées sur le corps. Et lorsqu'enfin ils se jettent l'un sur l'autre, le mont Sékélé vibre d'un choc sourd, comme si deux pierres venaient de se heurter.

Chaque coup donné est esquivé. Chaque attaque est parée. Combien de temps peut durer un combat ? Les heures passent et aucun ne parvient à toucher l'autre. Leur force est telle que chaque pas fait se soulever un nuage de poussière, chaque assaut fait trembler le sol. Ils ne faiblissent pas. Aucun ne perd son sang-froid. Ils se battent d'égale force, d'égale intelligence, d'égale agilité. Combien de temps peut durer un combat ? Les coups ne connaissent pas de fatigue et les heures s'usent à s'emplir de tant de haine.

C'est finalement le soleil qui cède le premier. Il se retire comme un homme épuisé. Koura Kumba et Mumuyé Djimba n'ont pas besoin de se parler. Chacun sait qu'il est temps d'interrompre le combat. Ils reculent d'un même mouvement pour qu'aucun ne puisse accuser l'autre de lâcheté et ils s'assoient à trente pas l'un de l'autre. Il n'y aura pas d'égorgement par surprise, de traîtrise, d'assaut soudain. Une fois le fer Takouba posé, tout est suspendu. Et ils boivent alors, reprennent des forces, surpris de n'être pas encore vainqueur, surpris d'admirer en cette première nuit de combat la valeur de l'autre et ses qualités de guerrier.

Combien de temps peut durer un combat ? Chaque jour, ils se relèvent, font leurs libations et se ruent l'un sur l'autre. Chaque jour, ils se battent de toutes leurs forces. Aucun n'a jamais vu autant de force que dans le bras de son ennemi. Ils sont frères, cela ne fait pas de doute. Ils le voient. Ils maîtrisent le combat avec le même art. Parfois, l'un fait chuter l'autre qui roule dans la poussière – mais se relève. Parfois un fer entame la chair de l'autre mais ce n'est jamais plus qu'une égratignure. Ils ne se tiennent pas à distance, n'économisent rien de leur force. Ils usent de toutes leurs ruses, mais la seule chose qui naît au fil des heures, c'est le respect de l'un pour l'autre, et l'idée, peut-être, que lorsque deux frères s'affrontent, ils ne peuvent que mourir ensemble d'un même coup donné.

Les jours passent et ils continuent à frapper, à chercher la faille, à tromper l'adversaire d'une feinte de corps, d'un mouvement retenu, d'un enchaînement complexe. Les jours passent, le deuxième, le troisième, le quatrième. La poussière ne retombe jamais. Les oiseaux ne survolent plus le mont Sékélé, ils prennent le nuage de poussière pour une tempête des sables. Les jours passent, le sixième, le septième, même alternance d'effort, de sueur, et de silence à la nuit tombée. Plus rien n'existe que le combat. Les hyènes, attirées par la promesse d'un corps bientôt défait, finissent par approcher. Elles se disposent en demi-cercle, attendent le moment où l'un des deux tombera à terre, à moins qu'elles ne soient curieuses, simplement, de voir à qui ira la victoire. Mais les jours passent et les hyènes, elles-mêmes lassées, sentant qu'aucun des deux hommes ne terrassera l'autre, finissent par s'en aller.

Au neuvième jour de combat, le mont Sékélé disparaît. Les deux frères ont tellement martelé le sol qu'il s'est tassé. Il est entré en terre, usé de tous ces pieds frappés, de toutes ces charges, ces esquives, ces sauts. Ils se battent encore, le corps amaigri, le visage tendu. Chaque jour, ils reviennent au combat et chaque jour trouvent un frère pour parer leurs attaques. Au neuvième jour, le combat prend fin. Parce que le vent décide à la place des hommes. C'est le centième, le millième assaut de Koura Kumba, ni plus fort, ni plus infaillible que les précédents, mais au moment où Mumuyé Djimba va parer, le vent soulève le sable et vient brouiller sa vue. Le fils de Saro ajuste mal sa parade, laisse trop de place entre son fer et ses cuisses et la lame de Koura Kumba, sans effort, pénètre dans la chair et lui ouvre le ventre. Mumuyé en est surpris, ne ressent pas tout de suite la douleur – juste une immense faiblesse –, comme si tout s'échappait hors de lui. Et Koura Kumba, comprenant que sans le vent qui vient de tourner, son coup aurait été paré, comprenant que sa victoire n'est le fruit de rien d'autre que d'un curieux hasard, Koura Kumba, comme si cela lui faisait honte, reste sans voix, sans joie, et lorsque Mumuyé Djimba pose un genou à terre, au lieu de le décapiter comme il s'était juré de le faire pendant les neuf jours de combat passés, s'accroupit à ses côtés et le soutient. Les deux frères alors, pour la première fois, s'étreignent et se parlent. Koura Kumba dit à Mumuyé Djimba de ne pas mourir, qu'il n'a jamais vu combat comme le leur. Que s'il meurt, c'est parce que le vent a décidé de le tuer. D'où lui viendrait, sinon, cette honte qui le saisit, cette impression d'être victorieux sans l'avoir battu ? Et Mumuyé répond qu'il meurt mais qu'il sait que c'est le vent qui le tue. Qu'il enrage non pas de perdre face à Koura – car il a vu sa bravoure –, mais de se soustraire au combat. Il répond et c'est pour dire que Koura est un frère, il l'a ressenti à chaque coup donné, à chaque coup paré, il le dit, ce mot, le prononce, "frère", il dit même que c'est avec lui sur les lèvres qu'il mourra. Et Koura le reçoit, ce mot, il l'a senti lui aussi, à peine s'étaient-ils jetés l'un sur l'autre. De même sang, de même valeur, infatigables et droits, “frères”, et c'est ce mot qui le fait s'agenouiller et serrer avec amour ce corps qu'il a tué.

Il enterre son frère du dernier jour. Il dispose son corps avec précaution, pose le fer Takouba de Mumuyé sur son torse et entreprend de le recouvrir. Pendant neuf jours, autant que dura le combat, il remet du sable et des roches, pour faire à son frère un tombeau. Il ne ménage pas ses efforts, sue dès que le soleil apparaît. Koura Kumba seul avec les pierres. Il est là, haletant, suant, déplaçant des blocs que personne d'autre ne pourrait bouger. Et au bout du neuvième jour, le mont Sékélé réapparaît, mais ce n'est plus une montagne, c'est un mausolée, l'offrande de Koura Kumba à Mumuyé Djimba.

Lorsque Salina voit son fils revenir dans la lumière du soir, elle reconnaît immédiatement sa silhouette, sa masse énorme, superbe. Elle voit qu'il ne boite pas, n'a l'air entamé d'aucune blessure. Elle sait alors qu'il a gagné. S'il revient à elle, c'est que les hommes du clan Djimba ont payé. Mais elle n'éprouve aucune joie. Plus il s'approche, plus elle sent que ce n'est pas jour de fête. Koura Kumba va jusqu'à elle, boit l'eau qu'elle lui tend, se laisse défaire des lanières en cuir qu'il n'a pas quitté depuis des jours, et lorsque la nuit tombe et que la fraîcheur les entoure, il se met à parler. Il raconte le combat, les premiers coups donnés. Il raconte la haine puissante qui dominait tout. Il dit que chaque coup aurait suffi à fendre une muraille. Il raconte sa surprise de voir que Mumuyé résistait, ne se démettait pas, parait chaque attaque et, même, le mettait en difficulté. Il parle et dit combien Mumuyé était vif et combien ses yeux brillaient. Salina écoute et ne répond rien. Elle sait ce qu'il va lui dire. Que petit à petit, au fur et à mesure des jours qui avançaient, ils se sont sentis frères. Au début, ce sentiment les a troublés. Ils ont essayé chacun de l'enfouir au plus profond d'eux-mêmes, de l'étouffer pour se concentrer tout entiers sur la haine, pensant que d'elle seule viendrait la victoire. "Frère", il répète ce mot comme un enfant, avec surprise, et Salina serre les mâchoires car ce qu'il dit, c'est qu'elle avait un fils, Mumuyé. Elle voudrait lui demander de se taire pour laisser simplement le ciel les couvrir de son silence mais elle ne peut pas. Elle sait qu'il faut que Koura Kumba parle jusqu'au bout. Il raconte encore les neuf jours où il construisit le mausolée du mont Sékélé. Il explique à sa mère qu'il avait besoin que son corps soit sans cesse dans l'effort sans quoi il se serait arraché les yeux de douleur. Il n'avait jamais ressenti cela : un manque si grand. Et lorsqu'il achève enfin son récit, d'une voix claire, apaisée, il dit à Salina ce qu'elle redoute d'entendre : qu'avec la mort de Mumuyé, tout s'achève. Ce mot, "frère", qu'il a accepté, ce mot l'emporte à son tour, le fait chavirer, le condamne à la solitude, le terrasse et c'est bien, "Nous mourrons d'une même plaie", dit-il, et il ajoute qu'il aurait été plus juste de mourir le même jour, laissant leurs sangs se mêler, mais qu'il comprend maintenant que ce délai n'était pas celui de sa victoire, mais celui de son devoir : il lui a permis d'offrir à son frère un tombeau. Koura Kumba se tait. Lentement, il s'approche de sa mère, se blottit contre elle, grand corps de guerrier lové dans les bras d'une mère. Leurs visages ne sont plus face à face, ils regardent tous les deux les étoiles. Seule la voix de Koura Kumba les unit. Il parle et elle sait que tout va s'achever, qu'elle ne pourra qu'accepter ce qu'il demande, il le sent et il demande alors ce qu'il est venu chercher. Elle serre toujours plus fort le corps de son enfant. "Je te demande de me reprendre, Salina", dit Koura Kumba, l'enfant colère, et Salina se mord les lèvres, "Que cette nuit soit la dernière. Toi seule peux mettre fin à ma vie. Aucun guerrier, jamais, ne pourra me terrasser et tu le sais. Je te demande de me reprendre" et elle sait qu'il ne sert à rien de refuser, alors elle le fait, elle serre de plus en plus fort. Il sent son étreinte, il sait qu'elle est forte, qu'elle ira jusqu'au bout, il sourit et parle encore un peu, pour l'aider, pour lui offrir encore un peu de sa voix, "Je n'étais que l'enfant vengeance, Salina, tout est accompli". Elle voudrait pleurer mais ne le fait pas, elle écoute sa voix qui lui donne du courage, "Tu m'enterreras sous cette dune et pour l'éternité je sentirai le roulement doux du sable. Les dunes avancent, tu sais, comme des navires lents et elles m'emmèneront avec elles…", il lui dit : "Serre, mère" et elle le fait, "Serre pour soulager ma tristesse" et elle serre avec force, aussi tendue qu'un vieux tronc d'arbre. L'air lui manque mais il ne se débat pas. Elle l'agrippe de toutes ses forces, avec ses bras, ses jambes, elle serre puisque c'est ce qu'il demande. Jusqu'au bout… Elle reprend tout entier ce fils colère, elle le serre pour sentir son dernier souffle, elle le serre jusqu'au moment où son corps soudain se raidit, puis se relâche l'instant d'après :

quelque chose s'est évaporé, elle le sent, c'est fini, il ne reste que l'immensité du ciel et son cri à elle, qu'elle laisse enfin échapper.

VIII

LA DERNIÈRE VERTÈBRE

Malaka se tait. Il est épuisé. Quelque chose l'a éprouvé dans ce qu'il vient de raconter. Il a toujours connu l'existence de Koura Kumba et les circonstances de sa mort – c'est Salina elle-même qui lui en avait fait le récit – mais d'avoir eu à raconter cette scène le laisse étourdi. Il a senti les jambes tendues de Salina, sa crispation, serrant en même temps que cela lui faisait horreur, serrant tandis qu'elle aurait voulu cesser de le faire, serrant comme une guerrière et pleurant comme une mère. Darzagar le regarde avec calme. Lentement, il lui tend un bol d'eau.

"Tu n'es pas obligé de reprendre tout de suite… Nous avons toute la nuit."

Pour laisser son esprit se reposer, Malaka demande au vieux passeur combien de corps il a déjà accompagnés jusqu'au cimetière.

"Tu es le premier", répond le vieil homme.

Cela surprend Malaka. Il pensait que son passeur avait fait cela de tout temps. Darzagar explique alors que chaque passeur ne prend qu'un seul corps. Il en a toujours été ainsi. Il faut s'installer sur la grande place et attendre. Il arrive que le corps se présente après quelques heures, parfois après des mois, des années. Personne ne peut savoir. Mais chaque passeur ne le fait qu'une seule fois. Ce sont des hommes sans famille, qui ont atteint l'âge d'au-delà de la vie. Lorsqu'ils décident de devenir passeur, ils savent qu'ils ne feront plus que cela : attendre ceux qui viennent de loin.

"Combien de temps as-tu attendu ? demande alors Malaka.

— Deux ans", répond Darzagar. Et rien ne transparaît sur son visage, si bien que Malaka est incapable de dire s'il regrette que Malaka ait tant tardé ou au contraire s'il aurait préféré avoir davantage de temps.

"Pourquoi ne portez-vous pas vos propres morts au cimetière ?" demande alors le jeune homme.

Darzagar a l'air surpris de cette question.

"Nos morts retournent au fleuve. Il en a toujours été ainsi. Ils flottent, se décomposent, nourrissent le cycle éternel des eaux. Le cimetière n'a été construit que pour les étrangers. D'aussi loin que la ville est ville, elle a eu soif de récits."

Alors Malaka sent qu'il est prêt à poursuivre. La ville a soif. Les oreilles, les yeux, les bouches qui l'entourent sont là pour écouter, et il doit leur donner l'histoire qu'il apporte de si loin.

Patiemment, avec la lenteur d'une veuve, Khaya a cherché. Elle a fouillé chaque recoin du désert. Rien ne venait à bout de sa ténacité. Elle a cherché les traces, observé les branches cassées, soulevé les pierres, exploré les puits, flairant comme une chienne l'odeur de son homme, et elle a fini par trouver. Patiemment, elle a retrouvé les vingt-quatre vertèbres de son époux désossé. Mais elle sait que la dernière, elle ne la trouvera pas, que la dernière, il faudra aller la demander. Alors, c'est ce qu'elle fait, ravalant sa fierté de reine, elle va au-devant de Salina. Et lorsqu'elle la trouve, dans un de ses refuges du désert où Salina vit entourée de branches sèches et de cailloux, elle se met d'emblée à genoux pour montrer à Salina qu'elle a changé. "Le temps du pardon est venu", dit-elle, "Ne sens-tu pas, Salina ? Il ne me reste plus longtemps à vivre mais il y a encore une chose que j'attends, Salina, avant de me résoudre à disparaître : la dernière vertèbre de Sissoko. Si tu me la donnes, je rentrerai, je demanderai à Kano et à ses hommes d'enlever le tabouret d'or de Sissoko, j'allongerai enfin mon époux en terre, je lui remettrai sa vertèbre et je me coucherai à ses côtés. Je ne vivrai pas un jour de plus. Tu vois, Salina, tout s'achève. Je suis venue te demander la dernière vertèbre, et si tu me la donnes, c'est toi qui auras gagné puisque, je te le promets, je ne vivrai pas plus loin." Mais Salina n'écoute plus, son visage a tressailli lorsque la vieille Khaya a prononcé le nom de Kano. Elle s'est replongée dans les jeux d'enfant du passé, a revu le visage souriant du jeune homme qu'on lui a refusé. Alors lorsque la vieille femme achève de parler, à genoux toujours, lorsqu'elle prononce cette dernière phrase en forme de supplique : "Accepte, Salina, et vivons chacune dans nos pleurs", Salina répond et c'est pour dire non. Elle ne s'émeut pas de la reine agenouillée. Elle ne la fait pas se relever d'un geste de la main. Elle la gifle avec chaque mot qu'elle prononce. "Vous m'avez tout enlevé, Khaya. Pas seulement mon amour, mais une vie entière. Vous m'avez condamnée au désert.

Que me reste-t-il à moi et pourquoi devriez-vous pouvoir vous allonger dans l'éternité, sourire aux lèvres, toi et Sissoko, tandis que je reste damnée ? Souviens-toi de ce jour où je suis venue te trouver pour te supplier de me donner Kano plutôt que Saro. Souviens-toi de ton arrogance. « Je t'assommerai de mes propres mains », disais-tu. Ma haine est née ce jour-là, Khaya. C'est elle qui te répond aujourd'hui car tu l'as faite si grande qu'elle m'a accompagnée tout au long de cette vie. C'est ce jour lointain où tu as dit non qui te répond, Khaya. Pour ton homme : le tourment, puisque je n'ai rien. Pour toi, le sentiment amer de la quête inachevée. Vous serez boiteux, à jamais. Je ne cède rien, Khaya, et la dernière vertèbre, toujours, manquera, puisque Kano n'est pas à moi."

Au moment où Malaka achève de rapporter les mots de Salina, il s'immobilise. Au loin, pour la première fois depuis qu'ils sont partis, l'île cimetière est en vue. Le jour se lève, très pâle, posant sur la surface de l'eau une lueur nouvelle. L'île cimetière est de la taille d'un village, cerclée d'une haute muraille blanche. La flotte des barques a encore grandi autour de lui. Les embarcations doivent être plus d'une centaine. Il voudrait demander si c'est à chaque fois ainsi, lorsqu'un homme essaie d'amener son défunt au cimetière, si autant de pêcheurs accompagnent le voyage, suspendant tout dans leur vie, ne vivant le temps de la traversée que de ces plats qu'ils s'échangent les uns les autres et des récits qui se font chaque nuit, mais il n'ose pas. Il se contente d'observer l'armada qui l'entoure. Ils escortent Salina, pense-t-il et cela l'émeut. Car elle n'avait jamais rien vu de tel de toute sa vie : on dirait un vaste marché marin qui tangue doucement.

C'est alors que son attention est attirée par une agitation nouvelle. Visiblement, une des barques se vide de ses occupants. Les adultes passent les affaires sur un autre bateau. On transfère également les enfants. Le vieux Darzagar voit la curiosité de Malaka et lui explique.

"Ils préparent la barque de la morte."

Une famille de pêcheurs a cédé sa barque. C'est toujours ainsi. À un certain moment de la traversée, les récits de la vie du mort finissent par convaincre une famille de faire cette offrande. Sans ce don-là, tout s'arrête et l'accompagnateur doit renoncer, car nul ne peut espérer entrer dans le cimetière si aucun vivant n'offre sa barque. Pour les pêcheurs qui font l'offrande, c'est un honneur. Si le défunt entre dans le cimetière, ils seront loués, honorés et tireront grand prestige de leur geste.

"Ce soir, continue Darzagar, nous nous approcherons encore un peu puis il sera temps de se présenter devant les portes."

Le déménagement a pris fin. La barque est vide. Le pêcheur dispose tout le long de la paroi de l'embarcation des plantes séchées qui répandent un parfum épais, puis, aidé par d'autres hommes, il transfère le corps de Salina avec précaution. Tout est achevé maintenant et le calme revient. Les hommes passent les dernières heures de la journée à se reposer, à manger et à finir de raconter la geste de la morte à ceux qui étaient trop loin pour en entendre le récit.

"Il est temps d'avancer", dit Darzagar lorsque le soir tombe.

La flotte alors se met en mouvement, prenant bien soin de toujours laisser la barque de Malaka et celle de Salina en tête. Malaka sait qu'il peut poursuivre son récit mais il ne le fait pas encore, il attend. Il vient de voir des lumières et cela le surprend. Au loin, autour de l'île qui se rapproche lentement, des feux brillent. Il ne demande rien. Il sait que personne ne vit là-bas. Le cimetière seul a allumé sa muraille et le spectacle est splendide : une île forteresse entourée de feux qui scintillent dans les eaux et qui attend les hommes qui se présentent à elle. Alors seulement Malaka reprend son récit.

"Moi, Malaka, venu de si loin pour vous porter ma mère, je dois raconter maintenant le temps qui passe, inutile. Les heures de désœuvrement et d'errance. Salina n'est plus rien pour personne. C'est de ce jour qu'elle commence à parler aux pierres, à haranguer les serpents. C'est de ce jour l'éclipse de son esprit, parfois, qui lui fait maudire les étoiles. « Le temps passe. » Cette phrase si courte à prononcer est une épreuve cruelle pour qui la vit dans la solitude. Elle est loin des hommes et s'use à survivre, soufflant sur sa vengeance car c'est la seule chose qui lui soit restée. Le temps passe, oui, une vie entière, presque. Dans la solitude du désert, les jours se ressemblent. Salina arpente les dunes, laisse le silence la traverser. Elle a changé. Son corps a maigri. Elle s'est habituée aux chaleurs, a appris le rythme du désert. La rosée sur les pierres, les heures blanches du grand midi, la fraîcheur du soir, et le royaume immense des étoiles, elle ne connaît plus que cela. Elle ne se parle qu'à elle-même, combat parfois contre des bêtes qui convoitent sa pitance. Le temps passe mais pour elle, tout est semblable."

Et puis, vient ce jour qu'elle appellera longtemps "le jour de l'émissaire". Un soir, à l'heure où la chaleur s'adoucit, elle arrive à un puits. Elle les connaît tous, sait pour chacun d'entre eux à quelle saison ils sont pleins et à quelle autre, asséchés. Elle avance et découvre avec surprise un étendard planté sur le puits. Des mots ont été imprimés dessus. Elle met du temps à se décider à approcher. Cela fait si longtemps qu'elle n'a pas vu un homme qu'elle n'est pas sûre de savoir encore parler. Elle avance avec prudence et découvre un jeune guerrier assis contre le puits, somnolent. Il bondit sur ses pieds lorsqu'il l'entend venir.

"Qu'est-ce que c'est ?" demande-t-elle en montrant l'étendard.

Il la regarde avec sidération – surpris, probablement, de voir quelqu'un surgir en pareil lieu. Elle sent la peur chez lui. Il est armé, porte les insignes du clan Djimba, mais il est trop jeune pour avoir connu l'époque où elle vivait parmi eux. Elle sort alors des sacs qu'elle porte en bandoulière un peu de viande qu'elle a fait sécher sur les pierres du désert et lui en propose. Il accepte et s'adoucit.

"Je suis un des sept émissaires", dit-il d'un air entendu.

En voyant qu'elle n'a pas l'air de comprendre, il explique : Cela fait des mois qu'il arpente les terres du Nord. À chaque émissaire, Kano a attribué une région et neuf étendards. Ils sont tous partis avec la même mission : planter leurs neuf étendards pour annoncer la nouvelle. Après seulement, ils pourront revenir au royaume.

“Quelle nouvelle ? demande Salina.

— Tu ne sais pas ?

— Je vis parmi les dunes et elles ne m’ont rien dit.

— Le roi Kano est comblé…

— Le roi Kano… ?”

Il la regarde avec étonnement, surpris de tant d’ignorance.

“Kano, oui. Le fils de Sissoko. Il est devenu chef du clan Djimba à la mort de son père.

— Pourquoi dis-tu qu’il est comblé ? demande-t-elle.

— Parce qu’il a eu un fils.”

Elle blêmit, voudrait parler mais ne peut plus dire un mot. L’émissaire poursuit : “Un fils. Oui. Il y a longtemps maintenant. C’est cela que j’annonce.”

Il explique que lui et six autres émissaires sont partis le jour de la naissance de l’enfant. Chacun avait pour mission d’arpenter la région qui lui avait été attribuée pour annoncer partout la nouvelle. Planter des étendards aux confins du royaume, aux endroits les plus inaccessibles pour que même là, hommes, voyageurs, marchands ou peuplades reculées sachent que Kano avait un fils. Lui, s’est perdu. Il ne sait plus comment c’est arrivé. Il a quitté un village plus au sud puis s’est égaré. Il ne sait plus où il est ni depuis combien de temps il est loin du monde. Il a planté son dernier drapeau sur le puits, et il en était venu à penser que ce serait son tombeau tant il se sent loin de tout. Mais Salina est là, elle pourra l’aider… Elle acquiesce de la tête. Oui, elle connaît le chemin des villages. Il sourit. Il va pouvoir revenir sur ses pas… Peut-être entre-temps Kano a-t-il eu d'autres enfants, rien n'est impossible… mais du moins se sera-t-il acquitté de sa mission.

Elle ose alors poser la question qui la brûle, les dents serrées, essayant de ne pas laisser paraître son émotion : “Et qui est la mariée ?”

L'émissaire répond aussitôt, heureux de pouvoir ajouter des détails à son récit : “C'est Alika, la fille de Sal'Elmaya.”

Kano a proposé ce pacte entre les deux clans parce que la guerre s'enlisait. Sal'Elmaya avait envahi les comptoirs les plus importants mais les Djimba, aidés des autres clans du désert, se livraient à une guérilla qui l'empêchait de parcourir les terres qu'il avait conquises. Tous s'épuisaient dans des batailles que personne n'était plus en mesure de gagner. Kano a proposé l'alliance et tous ont loué sa sagesse politique. Des accords commerciaux ont été scellés. Les hommes de Sal'Elmaya se sont retirés mais ils ont été associés aux impôts prélevés sur le commerce des caravansérails, à l'argent des épices et du bétail.

Salina écoute, muette. Que pourrait-elle dire ? Les mots sont inutiles, lui déchirent l'âme et la bouche. Le temps a-t-il donc tant passé ? Une autre vie pour Kano. Une vie de souverain, de combat, de pacte, de calculs politiques et d'accords commerciaux. Et elle, qu'a-t-elle fait ? Elle a erré de dune en dune…

Lorsque l'émissaire finit son récit, elle se lève et s'éloigne, sans même saluer l'homme qu'elle laisse derrière elle.

“Où vas-tu ? demande-t-il, surpris de la voir ainsi s'enfoncer dans un désert où ne vivent que les scarabées et les reflets du soleil.

— Dans un endroit où la nouvelle que tu apportes n'est pas encore arrivée”, répond-elle.

Elle lui montre la direction des villages, plein Sud, puis elle prend, elle, la direction opposée et s'éloigne, laissant l'émissaire dans son dos, et avec lui, tout ce qu'il a dit. Elle va jusqu'à la première dune et s'assoit à son sommet. De là, elle voit tout : le puits, l'étendard qui flotte, l'homme qui ramasse ses affaires avec lenteur, remonte sur sa bête et s'éloigne. Elle ne le quitte pas des yeux. Il s'en va, retourne d'où il vient, mais l'étendard reste là où il a été planté et les mots prononcés, avec lui.

IX

DERNIER EXIL

Seule, au milieu des dunes, elle abdique. Elle reste immobile deux jours, se répétant inlassablement la nouvelle, essayant de comprendre ce qu'il lui reste à faire. Puis, le troisième, elle se lève, repasse devant le puits et prend le chemin que l'émissaire a emprunté lorsqu'il est parti. C'est chez les hommes que tout doit finir, elle le sent. À moins qu'elle ne veuille revoir Kano. Ou connaître le visage de cette femme qui partage sa couche. Elle avance vers les terres des Djimba, le visage amaigri, tenace et titubante à la fois, pour que tout s'achève.

Lorsqu'elle arrive au village, après des semaines de marche, pour elle, tout est identique et il lui semble n'être jamais partie. Elle retrouve chaque tournant du sentier, chaque hutte, les collines, les premières habitations. Elle ne se rend pas compte que personne ne la reconnaît parce qu'elle ne réalise pas que ceux qu'elle croise, les enfants, les filles penchées sur l'eau du torrent, sont si jeunes qu'ils ne l'ont probablement jamais vue. Pour elle, tout est semblable, parce qu'elle avance dans son passé, mais on la regarde avec surprise. Il n'est pas courant de voir arriver une étrangère. Les hommes suspendent les travaux qui les occupaient, les femmes arrêtent leurs discussions. Elle continue. Elle ne se rend pas compte qu'elle ne ressemble plus à une femme. Sa peau s'est durcie sous le soleil du désert. Elle a l'air d'un ermite. Elle parle seule, à voix basse, salue parfois de la tête un arbre ou un rocher. Elle avance vers le centre du village, sans remarquer qu'il s'est agrandi, qu'une nouvelle opulence habille les façades, sans remarquer que les gens qu'elle a croisés lui font escorte maintenant, pressentant qu'elle apporte avec elle des tempêtes.

Et puis son nom finit par être prononcé, "Salina !", par une plus vieille que les autres qui l'a reconnue. Et alors tout change. Ceux qui n'étaient que curieux deviennent mauvais. Tous ont entendu parler d'elle. Les plus jeunes ont été bercés par les histoires de ces guerriers lointains, Koura Kumba et Mumuyé Djimba, l'arrivée des hyènes et le bannissement de Khaya… On leur a dit que Salina était le nom du malheur, que Salina était le nom de ce qui s'était abattu sur le village avec la voracité d'une nuée de sauterelles. On leur a appris depuis toujours que Salina n'était pas un nom à prononcer mais à cracher. Alors, c'est ce qu'ils font : ils crachent, se pressent sur ses talons, grondent dans son dos. Pour l'heure, personne n'ose la frapper mais c'est parce qu'ils la craignent. Elle continue d'avancer patiemment. La colère autour d'elle ne la surprend pas ni ne la fait frémir. C'est ce qu'elle est venue trouver : la vindicte de la foule. Elle est vaincue et elle sait qu'aux vaincus, il ne reste que les coups. Au fur et à mesure que la foule devient plus nombreuse, elle se fait plus agitée et plus féroce, grisée, sûrement, par son propre nombre. Ils se moquent d'elle, la poussent parfois dans le dos, l'entourent de si près qu'elle peut sentir la joie de leur méchanceté. Des femmes lui tirent les cheveux. Elle se laisse faire, se relève patiemment lorsqu'on la fait trébucher. Et puis enfin, ils l'agrippent, la ceinturent et l'emmènent à l'entrée du village. Là, avec la lâcheté de ceux qui sont nombreux, ils se félicitent et pavanent. Puis, un d'entre eux, le plus lâche probablement, a l'idée de l'attacher à un pieu, comme une chèvre, dit-il, et cela fait rire tout le monde.

Ils lui ont passé une chaîne autour du cou qu'ils ont accrochée à un poteau et ils l'ont laissée là, à l'entrée du village. Chacun peut venir la braver, l'insulter, lui jeter à la figure des pelures de fruits, cracher sur son nom ou la harceler lorsqu'elle dort, en lui fouettant les jambes avec des branches d'épineux. Chacun peut rire en ayant l'impression de terrasser les vieux mythes. Elle ne bouge pas, attend calmement la mort, fait parfois des tours, comme le ferait un vieux cheval fatigué, dessinant sur le sol un cercle de poussière qui est l'exact dessin de sa vie.

Et puis vient ce soir où une femme se présente à elle. Elle ne fait pas comme les autres, ne commence ni par des insultes ni par des jets de pierre pour la réveiller en sursaut. Elle s'approche, s'arrête prudemment, la contemple en silence mais ne part pas, reste ainsi, avec une mine calme et sérieuse. Salina la regarde du coin de l'œil, maugrée, se demande ce qu'elle veut, puis finit par lui lancer :

"Tu as vu ce que tu voulais voir ?"

La femme ne répond pas. Elle avance encore d'un pas, entre à cet instant dans le cercle qui est devenu, depuis plusieurs jours, le territoire de son calvaire.

"Tu veux me montrer que tu n'as pas peur de moi, c'est ça ? demande Salina en relevant la tête.

— Non, répond la femme d'une voix calme, je veux voir le visage que tu as.

— Eh bien voilà : tu m'as vue. Tu pourras raconter à ceux qui t'entourent que tu as osé t'approcher de la bête… Tu pourras même leur dire que tu n'as pas eu peur, que tu m'as terrassée du regard ou ce que tu veux…

— Je suis Alika, dit alors la jeune femme, fille de Sal'Elmaya et femme de Kano."

Salina se fige, la regarde avec attention. Là, soudain, tout s'arrête. Elle était sur le point de lui tourner le dos mais elle ne le fait pas. Elle reste face à la jeune femme et, pour la première fois, elle la regarde véritablement.

"Alika… ? répète-t-elle, femme de Kano… ?"

Un voile sombre passe sur son visage. Elle se lève avec un air mauvais et s'approche en tirant sa chaîne derrière elle. Alika a un mouvement de recul mais se maîtrise et reste droite.

"Tu es venue me voir à terre ? poursuit Salina, vérifier que Salina n'est plus qu'une bête entre les bêtes ? Tu es venue voir si ce qu'on t'a dit était bien vrai : que le désert m'avait vieillie ? Tu es venue savourer ta victoire, n'est-ce pas ? Méfie-toi, Alika. S'il y a une chose que je continue à savoir très bien faire, c'est faire saigner les jeunes brebis…"

Et en finissant sa phrase, Salina bondit sur sa visiteuse. La jeune Alika, de peur, recule, trébuche et tombe à la renverse. Salina rit alors avec une grimace de mépris.

“Va, Alika, va raconter à ton vaillant mari que celle qu’il a aimée autrefois n’est plus qu’une démente qui rit et hurle. Tu n’auras pas de mal à le convaincre. C’est ce qu’il veut entendre par-dessus tout. Que je vis au milieu des détritus et des crachats et que même les serpents ont peur de moi. Mais que cela ne te trompe pas, Alika : je suis ce que je suis parce que la vie m’a été volée. Et si le sang a coulé, c’est parce qu’il y avait eu offense. Va, Alika, ce sont de vieilles histoires qui t’empêcheraient de dormir si je te les racontais. Retourne à ton palais…”

Alika écoute cette voix de malheur, cassée, éraillée, ouvrant sur des mondes de sang et de poussière, et avant de tourner le dos à Salina, lui répond simplement :

“Je suis venue pour qu’il ne soit pas dit qu’Alika n’avait même pas entendu la voix de Salina.

— Ce n’est pas ma voix qu’il faut écouter, répond Salina, car elle est enlaidie par la haine. C’est mon histoire. Mais cela, tu ne l’as pas fait, ne l’as jamais demandé, car sinon, je le verrais : tes oreilles auraient depuis longtemps commencé à saigner.”

Et les deux femmes se quittent ainsi, l’une retournant à la nuit, et l’autre reprenant sa marche lente, autour du piquet, d’un pas traînant, comme un animal imbécile.

Ce qu’Alika dit à Kano à son retour, nul ne le sait. Ce qu’elle lui raconta de l’entrevue qu’elle venait d'avoir, nul ne l'a jamais entendu. A-t-elle dit la pitié qu'elle avait ressentie ? Ou n'a-t-elle évoqué que la terreur ? À moins qu'elle n'ait rien dit, craignant de réveiller de vieilles blessures. Mais le lendemain du jour où elle est venue voir Salina, lorsque le soir se met à tomber, après une longue journée de chaleur où les enfants, encore, ont joué à harceler ce vieux corps – jets de pelures de fruits, coups de branches sur les jambes, moqueries, insultes –, ce jour-là où, comme durant les précédents, la haine s'est amusée, lorsque le soir tombe et que le calme revient, c'est au tour de Kano de se présenter. Il hésite. Lorsqu'il est devant le piquet, il avance encore un peu, va jusqu'à toucher Salina puis se ravise. Elle le regarde, reste immobile, ne dit rien. Elle l'a immédiatement reconnu, malgré le temps et les visages vieillis. Elle pourrait l'observer ainsi de longues heures. "Laisse-moi te regarder, Kano…" Et c'est façon de retrouver le visage qu'elle a perdu, de replonger, un temps, dans ce monde lointain où elle n'avait pas encore saigné, où Mamambala vivait, ce monde sans menace où elle pouvait croire que la vie se déroulerait tout entière dans le regard de l'homme qu'elle avait choisi. "Laisse-moi te regarder, Kano…" elle mesure le temps qui a passé, découvre cet air sévère qu'elle ne lui connaissait pas, la barbe qu'il porte et qui le vieillit, cette façon de se tenir que confère le pouvoir. Il est à l'âge plein où les hommes ont le sentiment de maîtriser leur vie par les choix qu'ils font… "Laisse-moi te regarder, Kano…" Elle sait, elle, que la vie se soucie peu de la volonté des hommes, qu'elle décide à leur place, impose, écarte les chemins qu'on aurait voulu explorer et affaiblit ce qu'on croyait éternel. Elle voit d'un coup, dans ce temps qui s'étire, ce qu'ils furent et ce qu'ils sont et elle ne peut parler, car les mots sont trop loin. Alors c'est lui qui le fait et dès qu'il prononce la première parole, elle lui en veut car au fond, il aurait mieux valu qu'ils se taisent, tous les deux, prenant simplement le temps de se contempler une dernière fois, mais il parle, il est venu pour cela, et les mots sont forcément petits :

"Pourquoi es-tu revenue, Salina ?"

Elle ne répond pas. N'a-t-il que cela à lui dire ? Ne peut-il pas, avant toute chose, faire un geste lent de la main pour lui caresser le visage ? L'étreindre en silence ? Ou même lui tendre, avec bienveillance, un peu d'eau ? Est-ce la seule question qui mérite d'être posée ?

"Pour que tout finisse, Kano", répond-elle sèchement.

Il la regarde. Elle se rend compte qu'elle est incapable de savoir ce qu'il pense, ce qu'il a en lui, incapable de dire s'il éprouve à cet instant de l'amour ou du dégoût.

"Est-ce que la vie n'aurait pas été douce ensemble, Kano ?" demande-t-elle avec hésitation.

Et ce n'est pas pour tenter de le faire revenir à elle – elle sait à quoi elle ressemble depuis qu'on l'a enchaînée à ce piquet : à une bête hirsute, empuantie de sueur et d'épuisement –, c'est pour voir si quelque chose en lui se souvient des jours passés, ou juste, peut-être, pour effacer tout ce qui les entoure : la saleté, le piquet, Alika, la méchanceté des hommes, tout, et rester, un temps, dans la liberté de leur passé, heureux.

"Pourquoi me demandes-tu cela ?" répond-il avec froideur.

Sa réponse claque. C'est comme s'il venait de la gifler, mais peu importe, elle essaie à nouveau :

“N'avons-nous pas été heureux, avant tout cela… ?” et si elle pose la question, c'est pour qu'il vienne avec elle sur les sentiers d'autrefois, dans les cours d'eau où ils jouaient à la saison des pluies, sans souci du temps.

“Avant tout cela… répète-t-il, les mâchoires serrées. Avant la mort de mon frère, et celle de mon père ? Avant le sang qui a coulé sans cesse sur mon clan ? Je ne sais plus, Salina. C'est trop loin. « Avant tout cela » appartient à un monde que tu as noyé dans le sang.”

Elle serre les dents. La colère bat dans ses veines. Elle a essayé autant qu'elle a pu et il la rejette, l'humilie. Alors, elle crache à son tour puisqu'il n'y a plus que cela de possible.

“Mais ton bonheur, il existe, n'est-ce pas ? rétorque-t-elle. Tes enfants, ton nouveau pouvoir, cette assurance que tu portes au front sans même t'en apercevoir, tout cela existe et tout cela, tu le sais bien, est né de ma vie sacrifiée. Pour que tu sois heureux comme tu l'es aujourd'hui, il a fallu mettre le feu à ma vie.

— Je n'ai rien fait, Salina. Tu t'es souillée de sang toute seule par ton désir de vengeance.

— Rien fait, exactement… Jamais. Ni quand ton frère m'a attrapée par les cheveux pour me faire sienne, ni quand ta mère à qui je demandais ta main m'a craché au visage. Rien fait, lorsque ton clan tout entier m'a exilée. Il y avait une histoire, Kano, pour laquelle tu ne t'es pas battu.

— Tu vois, Salina, nous ne pouvons même plus nous parler, même plus nous comprendre. Il y a trop de sang entre nous.”

Et avant qu'elle ne réponde quoi que ce soit, il recule d'un pas, la regarde une dernière fois et murmure : "Adieu, Salina" puis tourne les talons. Elle savait que cela finirait ainsi, elle savait les mots inutiles qui ne feraient que les blesser mais elle aurait voulu qu'il reste encore un peu, qu'il reste, même silencieusement, "Laisse-moi te regarder, Kano, même si tu me tournes le dos, laisse-moi te regarder, car nous savons tous les deux que c'était la dernière fois".

Les heures passent. Elle voudrait mourir. Que tout s'achève. Au fond, elle est venue pour cela. Pourquoi vit-elle si longtemps ? Pour pleurer ? Elle n'a plus de larmes. Pour saigner ? Aucun coup ne lui fait plus mal. La vie l'a vidée, épuisée. C'est alors que reviennent les hyènes. À l'heure où le village dort, les bêtes approchent. Elles sont d'abord deux, puis trois, puis davantage. Au réveil, lorsque les premiers voisins passent devant le pilori de Salina, il y en a sept, allongées, dessinant une sorte de cercle. Salina ne bouge plus. Elle s'est adossée au poteau de bois, la tête tournée vers le ciel, et murmure des chants aux paroles inaudibles. Les enfants n'osent plus jeter de pierres sur la prisonnière. Ils ont peur de la réaction des bêtes. "Elles sont venues la dévorer", disent certaines femmes. "La fin est proche", répondent d'autres. Les plus anciens se souviennent de l'arrivée de Salina et disent qu'elle va repartir comme elle était venuc. Ils disent qu'elle aurait dû être laissée aux hyènes dès le premier jour, que les bêtes sont venues chercher ce qui leur était dû. Et pourtant, aucune bête ne s'approche. Aucune ne tente de la mordre. Elle ne se défendrait pas, se laisserait dévorer, elle attend cela depuis si longtemps… Mais les hyènes l'entourent et c'est comme si elles la protégeaient des hommes et de leur rage. Le lendemain, enfin, un groupe de guerriers apparaît, envoyé par Kano. Le premier d'entre eux s'arrête lorsqu'il arrive à la limite du cercle qui entoure le poteau, et parle fort pour annoncer que, par la volonté de Kano Djimba, fils de Sissoko, Salina sera épargnée. "Dans sa grande sagesse, dit-il en parlant haut, Kano a décidé que le sang ne devait plus couler. Mais pour que les morts ne soient pas insultés, tu es condamnée à l'exil, Salina. Plus jamais tes pas ne pourront fouler les terres Djimba. Plus jamais ici ton nom ne sera prononcé." Elle écoute les mots du garde et sait que ce sont les paroles de Kano. Elle essaie de l'imaginer lui, en train de les lui dire. "Par ma volonté, plus jamais, Salina, tu ne seras face à moi. Pour toi, jusqu'à la fin de tes jours, la marche éreintée." Les gardes approchent doucement, veillant à ce que les hyènes les laissent passer. Ils la décrochent, la libèrent de sa chaîne, puis la redressent. Elle est trop faible pour se tenir debout. Ils l'épaulent, l'aident à faire les premiers pas et s'éloignent avec elle du village. "Par ma volonté, Salina, plus jamais ces sentiers ne garderont trace de toi…" La colonne avance ainsi, trébuchante. À chaque fois qu'elle tombe, ils la ramassent. Les hyènes suivent, étrangement, comme des animaux domestiques, et escortent la troupe. Ce n'est qu'une fois les confins du royaume atteints qu'elles s'éloignent et disparaissent, comme si elles avaient juste voulu vérifier que les hommes ne feraient aucun mal à Salina. Lorsqu'ils arrivent à la limite des terres

Djimba, les guerriers sortent de longues lances et avec elles, par de petits coups dans les reins, sur les mollets, ils obligent Salina à avancer seule, jusqu'à sortir des limites du royaume, veillant à ce qu'elle ne revienne pas sur ses pas. "Par ma volonté, plus jamais, Salina..." Alors elle avance, retrouve la force de marcher, lentement, et entre dans son troisième exil.

Tout aurait dû s'achever ainsi, avec une silhouette qui disparaît dans le désert. Salina marchant jusqu'à l'épuisement, puis mourant, puis se desséchant jusqu'à devenir un petit tas d'os blanchis par le soleil qui aurait servi aux hyènes de point de repère dans l'immensité de leurs chasses. Mais un cavalier la suit. Elle ne s'en rend pas compte tout de suite, ne se retourne pas, avance tout droit, au rythme lent de son épuisement. Au deuxième jour d'errance, le cavalier la rattrape, passe devant elle et met pied à terre. Salina lève la tête. Elle est trop loin dans l'éreintement pour avoir encore la force de la surprise. Elle regarde simplement le cavalier et essaie de comprendre ce qu'il fait ici. C'est une femme. Elle met du temps à la reconnaître. Elle cherche dans son esprit engourdi où elle l'a vue mais ne trouve pas. L'autre le voit et dit son nom : "Je suis Alika, fille de Sal'Elmaya, épouse de Kano." Elle enlève le tissu qui lui couvrait les cheveux et la protégeait du soleil. Elle sort une gourde de cuir qu'elle tend à Salina pour que celle-ci boive. Salina a des gestes lents. Elle se rafraîchit la gorge. Et c'est alors qu'Alika parle.

"Ce que j'ai à faire, Salina, aucune femme, avant moi, ne l'a fait." Elle parle et sa voix trahit une émotion qu'elle porte depuis qu'elle a quitté le village. "Ce jour restera pour moi celui de ma grande déchirure. Mais je le dois, je le sens..."

Salina écoute maintenant avec des yeux qui ont pris un éclat nouveau.

"J'ai exigé de Kano qu'il me raconte ton histoire, Salina. Je ne l'ai jamais interrompu, sinon pour lui demander plus de détails lorsqu'il me semblait qu'il était allé trop vite. Oui, tu as perdu. Ton corps aujourd'hui le montre, avec son usure et ses rides. Tu as été humiliée. Pour toi, il ne reste rien, je le sais. Je pourrais m'en réjouir. Car les Djimba sont du côté des vainqueurs et je suis une des leurs. Ils sourient tous à l'évocation de ton nom parce qu'ils savent qu'ils n'ont plus rien à redouter de toi mais ils ont tort. Je sais, moi, qu'une guerre ne s'achève vraiment que lorsque le vainqueur accepte de perdre à son tour. C'est pour cela que je suis venue, Salina."

Elle s'arrête un temps. Salina ne dit rien, ne comprend pas ce qu'il va se passer. La jeune femme, délicatement, sort de sous ses drapés un nouveau-né. Elle le tient au creux de ses bras.

"C'est mon dernier né, Salina. Le fils d'une mère aimante. Mais je te l'ai apporté parce qu'il doit y avoir un don entre Salina et les Djimba. Il n'y a qu'ainsi que tout pourra cesser. Je suis venue t'offrir mon fils. Tu le prendras. Tu veilleras sur lui, l'élèveras comme une mère. Prends-le, Salina, je serai à jamais amputée de lui. Et Kano aussi. Il n'y aura pas un jour où nous ne penserons à lui, à toi, et c'est juste. Car alors, il n'y aura pas d'arrogance, ni d'un côté ni de l'autre, mais un mélange égal de sourire et de larmes. Prends-le, Salina, prends car je sens, au dernier moment, que je n'ai pas tout à fait la force de l'arracher à mes propres bras. Je ne lui ai pas donné de nom, tu le feras. Prends-le, Salina, et souviens-toi du don d'Alika."

Salina tend doucement ses bras, saisit avec délicatesse le tissu dans lequel est emmitouflé l'enfant, sent son poids au creux de ses bras et sourit. D'instinct, elle le serre contre elle et pleure, comme elle ne l'a plus fait depuis toute une vie. Puis, hésitante, elle se défait d'un collier qu'elle portait sous ses nippes de poussière et le tend à la jeune femme.

"Je n'ai que cela à t'offrir en échange, Alika : cela, qui n'est rien face à l'enfant que tu me donnes. Mais ainsi, les sangs du passé seront enterrés. Pour toi, la dernière vertèbre de Sissoko. Que tout s'apaise. À l'instant même où je te le tends, cela me semble dérisoire et lointain. Pardonne-moi. Je prends la vie que tu m'offres. Je veillerai sur ton fils – car toujours, il sera ton fils, Alika. Lorsqu'il grandira, ce sont tes traits que je verrai apparaître sur son visage et ce sera bien. J'aurai alors sous les yeux le visage de ta sagesse. Va, Alika, ce que tu fais, aucune mère, jamais, ne l'a fait. Je vais vivre, je te le jure. Ne t'inquiète pas de mon corps délabré, de mon épuisement. Je voulais mourir mais tout a changé. Le désert sera mon royaume. Je lui apprendrai tout ce que je sais. Il aura les étoiles pour parrain et les hyènes pour escorte. Il sera droit et beau. Je te le jure. Va, Alika, je le prends, ce fils que tu me donnes, et je lui raconterai ton geste, la force qui fut la tienne, je ne tairai rien pour qu'il sache qu'il est l'enfant de deux mères et d'une paix scellée, l'enfant qui enterre le vieux sang. Je lui dirai qu'Alika est le nom du don. Et il vivra, ouvert et droit, partout où il ira."

Alika, doucement, remonte sur sa monture et lentement, essayant de taire les sanglots qui l'étreignent, retourne sur ses pas. Salina la regarde disparaître et laisse monter en elle une vie qu'elle pensait disparue. Elle sait, à cet instant, que quelque chose commence. Une existence à deux, où elle devra instruire, nourrir, protéger, une vie, enfin.

X

LA RÉPONSE DU CIMETIÈRE

Malaka suspend son récit et regarde autour de lui. La foule des bateaux s'est immobilisée. Devant eux, à quelques centaines de mètres, l'île cimetière.

"Il est temps de se présenter à la porte", dit le passeur et, soudain, il donne un coup de rame pour que sa barque et celle de Salina se détachent de la flotte. Malaka fixe le mur d'enceinte avec appréhension.

"Que feras-tu si la porte s'ouvre ? demande-t-il.

— Mon destin est d'accompagner le corps de ta mère jusqu'au bout", répond simplement le vieil homme.

Tout est lent et calme. Les deux embarcations avancent d'une vitesse égale vers l'île. Malaka sait que l'impulsion du passeur n'a pas pu suffire à les porter aussi loin. Il sait aussi qu'en cette nuit, il ne faut pas tout comprendre avec l'esprit. Les barques avancent parce que le cimetière les appelle à lui. Au bout d'un temps, lorsqu'ils sont tout proches, les battants se mettent à bouger. Malaka retient sa respiration, espère de tout son être… Oui, les portes s'ouvrent. Le cimetière accepte Salina, la femme aux trois exils, celle qui eut un fils haï, un fils colère et un fils pour tout racheter, Salina, la femme salée par les pleurs, condamnée à naître et à mourir en marchant dans des terres inconnues. L'île cimetière l'accepte. Un sourire passe sur le visage de Darzagar. Lentement, il se lève et, avant que Malaka ait pu lui demander ce qu'il fait, il passe avec agilité sur la barque de la morte. Une fois à bord, il se met à l'arrière, puis regarde une dernière fois Malaka et murmure :

"Tu as porté l'histoire de ta mère jusqu'à nous, il est temps de t'en défaire maintenant. À d'autres de la prendre et de la raconter. Elle sera sur nos lèvres désormais. La ville la fait sienne. Tu peux vivre. Le temps où tu portais ton héritage prend fin. C'est à ton tour de te fondre dans le monde. Tout est à venir. D'autres, un jour, raconteront ce que tu fus. Va, Malaka, tu le sais bien, tu l'as senti au moment où tu terminais ton récit : tout s'achève et tout commence en même temps."

Puis, il se retourne, s'installe comme s'il allait ramer mais ne bouge pas et reste droit, veillant sur la dépouille avec le silence d'une statue. Les deux barques se séparent l'une de l'autre. Darzagar s'éloigne avec le corps de Salina à ses pieds. La mer est calme. Les portes du cimetière sont maintenant grandes ouvertes. On aperçoit des lumières à l'intérieur, un vaste réseau de canaux qui irrigue l'île comme un labyrinthe d'eau et de marbre mêlés. La barque passe le seuil des portes et va pour s'enfoncer plus avant. À peine pénètre-t-elle dans l'enceinte que lentement, les deux battants commencent à se refermer. Malaka ne bouge pas. Il veut la voir, jusqu'au bout. La barque s'enfonce encore un peu puis disparaît tandis que les portes achèvent de se refermer. Pour Salina, enfin, le repos. Pour Salina, enfin, une ville entière qui l'accepte. Il pleure, soulagé de ce long parcours de vie qui s'arrête ici, dans cette obscurité étrange que les tout premiers rayons du jour ne vont pas tarder à rosir. Il pleure, lui, le fils de la mère au nom de sel. Tout autour de lui, les pêcheurs se sont mis à chanter, tapant sur des tablas et soufflant dans des instruments inconnus pour célébrer ce jour sacré où le cimetière s'est ouvert à nouveau. Il pleure en pensant à ce qu'il est : le fils aux deux mères, l'enfant donné. Et le nom d'Alika lui vient aux lèvres. À l'instant de dire adieu à Salina, il est juste qu'il soit prononcé, pour qu'elles soient côte à côte à l'heure de la fin. Il ferme les yeux et les embrasse en son esprit. Lorsqu'il les rouvre, chaque barque, en signe de joie, a allumé des feux à sa proue et Malaka voit une immensité de torches qui tanguent doucement autour de lui. Il sait que, dans quelques minutes, les bateaux se détacheront les uns des autres. Ils se disperseront comme une vaste foule. Chacun retournera à sa vie en emportant le récit de Salina. Elle est une des leurs dorénavant. Il est calme. Il sait qu'il ne sera plus jamais le même. Darzagar a dit vrai : dans ces instants où tout s'achève naissent les jours de demain et il est prêt. Alors, avant de revenir sur la berge, de se fondre à nouveau dans le monde pour être un homme parmi les autres et construire sa propre vie, il reste encore quelques instants face au cimetière, avec la foule des barques dans son dos, il murmure "Adieu Salina" et il sourit, heureux d'avoir été, pour un temps, celui qui raconte.

TABLE

DU MÊME AUTEUR

Romans

CRIS, Actes Sud, 2001 ; Babel n° 613 ; “Les Inépuisables”, 2014.

LA MORT DU ROI TSONGOR (prix Goncourt des lycéens, prix des Libraires), Actes Sud, 2002 ; Babel n° 667.

LE SOLEIL DES SCORTA (prix Goncourt), Actes Sud, 2004 ; Babel n° 734.

ELDORADO, Actes Sud, 2006 ; Babel n° 842.

LA PORTE DES ENFERS, Actes Sud, 2008 ; Babel n° 1015.

OURAGAN, Actes Sud, 2010 ; Babel n° 1124.

POUR SEUL CORTÈGE, Actes Sud, 2012 ; Babel n° 1260.

DANSER LES OMBRES, Actes Sud, 2015 ; Babel n° 1401.

ÉCOUTEZ NOS DÉFAITES, Actes Sud, 2016 ; Babel n° 1560.

SALINA. LES TROIS EXILS (grand prix du Roman Métis, prix Métis des Lecteurs), Actes Sud, 2018 ; Actes Sud audio (lu par Guillaume Gallienne), 2019 ; Babel n° 1712.

PARIS, MILLE VIES, Actes Sud, 2020.

Théâtre

ONYSOS LE FURIEUX, Théâtre ouvert, 1997 ; Actes Sud-Papiers, 2000 ; Babel n° 1287.

PLUIE DE CENDRES, Théâtre ouvert, 1998 ; Actes Sud-Papiers, 2001.

COMBATS DE POSSÉDÉS, Actes Sud-Papiers, 1999.

CENDRES SUR LES MAINS, Actes Sud-Papiers, 2002 ; Babel n° 1547.

LE TIGRE BLEU DE L'EUPHRATE, Actes Sud-Papiers, 2002 ; Babel n° 1287.

SALINA, Actes Sud-Papiers, 2003.

MÉDÉE KALI, Actes Sud-Papiers, 2003 ; Babel n° 1621 (prix *Transfuge* du meilleur livre de poche).

LES SACRIFIÉES, Actes Sud-Papiers, 2004.

SOFIA DOULEUR, Actes Sud-Papiers, 2008 ; Babel n° 1547.

SODOME, MA DOUCE, Actes Sud-Papiers, 2009 ; Babel n° 1621 (prix *Transfuge* du meilleur livre de poche).

MILLE ORPHELINS suivi de *LES ENFANTS FLEUVE*, Actes Sud-Papiers, 2011.

CAILLASSES, Actes Sud-Papiers, 2012.

DARAL SHAGA suivi de *MAUDITS LES INNOCENTS*, Actes Sud-Papiers, 2014.

DANSE, MOROB, Actes Sud-Papiers, 2016.

ET LES COLOSSES TOMBERONT, Actes Sud-Papiers, 2018.

Nouvelles

DANS LA NUIT MOZAMBIQUE, Actes Sud, 2007 ; Babel n° 902.

LES OLIVIERS DU NÉGUS, Actes Sud, 2011 ; Babel n° 1154.

Poésie

DE SANG ET DE LUMIÈRE, Actes Sud, 2017 ; Babel n° 1655.

NOUS, L'EUROPE. BANQUET DES PEUPLES, Actes Sud, 2019.

Littérature jeunesse (album)

LA TRIBU DE MALGOUMI, Actes Sud Junior, 2008.

Beau livre

JE SUIS LE CHIEN PITIÉ (photographies d'Oan Kim), Actes Sud, 2009.

OUVRAGE RÉALISÉ
PAR L'ATELIER GRAPHIQUE ACTES SUD
ACHEVÉ D'IMPRIMER
EN SEPTEMBRE 2020
PAR NORMANDIE ROTO IMPRESSION S.A.S.
À LONRAI
POUR LE COMPTE DES ÉDITIONS
ACTES SUD
LE MÉJAN
PLACE NINA-BERBEROVA
13200 ARLES

DÉPÔT LÉGAL
1re ÉDITION : OCTOBRE 2020

N° impr. : 2002556
(Imprimé en France)